触碰你

FURERU

日本动画电影《触碰你》制作委员会 / 原作

[日] 额贺澪 / 著

藏喜 / 译

百花洲文艺出版社
BAIHUAZHOU LITERATURE AND ART PRESS

目录

- 序　章 … 1
- 第一章　三人之家 … 13
- 第二章　五人之家 … 45
- 第三章　声 … 67
- 第四章　虚假之物 … 87
- 第五章　碰碰 … 115
- 终　章 … 145

序章

◆小野田秋

潮水退去,来来回回的脚步声响彻整片岩滩,仿佛能传到遥远的地球彼端。

那声音带着几分难言的落寞,并渐渐被海风吞噬。眼前漫延开的是无边的大海——一切隐匿在空白之中,就连脚步声也愈发显得空寂无依。

脚踝带起的海水反复地拍打着,溅湿了小野田秋的小腿。秋抓着捕鱼抄网的手柄,一边保持身体平衡,一边小心翼翼地穿行于潮池之间。

穿过岩滩,那里有一座长满藤壶的小石祠。秋轻轻地发出一声鼻音,将手中的抄网和塑料桶放在岩石上。

石祠的入口被岩石挡了个严严实实,秋毫不迟疑地将它们用力踢开。

这座岛屿人迹罕至,没有人会责怪秋的举动。

秋不知疲倦地专注踢着石块,隔着橡胶凉鞋,他的脚心感受到一阵阵钝痛。秋加大了踢击的力度,连续几次猛踢后,最大的石块终于动了,发出沉闷的湿响。

砰的一声,石块滚落进了潮池之中,飞溅的水珠打湿了秋的脸颊。此时,他还只是一个刚上小学的孩子,个头却比同龄人高出许多。

秋将剩下的石块一一移开,静静窥视着祠堂的深处。忽然,一阵凉风拂过他的发梢。

石祠的入口很小,里面却别有洞天。扑面而来的风带着它的秘密——它从深处而来,前方是深邃不可及的洞穴。那种感觉就像从一场长眠中醒来后的深呼吸,一种欢愉与亢奋在秋的心中悄然荡漾开来。

洞中有光线洒入,幽暗之中隐约可见许多光亮的丝线。是蜘蛛网吗?它们一丝一缕地彼此缠绕,轻轻摇曳着,若隐若现。

秋急切地移开余下的石块,快速钻进石祠之中。左脚的凉鞋已经不见踪影,秋却顾不上这么多,继续低头爬行。

洞内十分开阔,上方呈圆顶状。从洞顶垂下的丝线并不是蜘蛛网,它们犹如由星辰编织而成的细丝,每一根都在光影间闪耀,充满着生命的律动。

秋朝着其中一根伸出手。

他用食指轻轻一戳,随即对着蔚蓝的天空轻轻蹙起眉头——一瞬间,那根细线便消失得无影无踪。

秋仰面躺在岩滩上,手指伸向上方那片熟悉的蓝天。

秋的背脊升起一股刺骨的凉意,冰冷的潮水让他忙不迭地坐起身,指尖仿佛依旧残存着那根细线的触感。

突然,一阵沙沙的响动声传入了秋的耳中。

他转过身望去,只见抄网和塑料桶依旧好端端地放在岩石上。

然而那只桶正微微地左右晃动着,桶里像是有东西在蠕动。

秋带着忐忑的心情向桶中窥视,然后用双手轻轻地捧起了桶——它比来时要重了一些。此刻的秋感受到的不仅仅是寻得目标的兴奋,还有一份沉甸甸的生命的分量。

秋抱着桶,步履轻盈地按原路返回。他踏浪前行,脚踝扬起的水花顺着小腿向上飞弹,打湿了后背的衬衫。

秋一边奔向岛上唯一的小学的操场,一边偷偷瞄了眼抄网中的塑料桶——在石祠中发现的"那个家伙"正安安静静地待在其中。

触碰你
FURERU

一群小学生在操场上嬉戏追逐，秋却毫不在乎，快步穿越操场。

"间振岛课外活动俱乐部"借用了这所小学的一部分教学楼。轻轻推开外廊的玻璃门，映入眼帘的是摆放着桌椅的学习区和课外活动辅导员胁田老师的背影。

胁田老师的脖子上搭着一条毛巾，他笑着用拳头捶了捶自己的胸脯说道：

"咱们岛上的男孩子要做个真男人，心胸宽广，包容别人！"

一旁满脸不耐烦地听着这番话的，是秋的同学祖父江谅和井之原优太。

从两人的表情中不难猜出胁田老师的言外之意——

老师一定是在嘱咐谅和优太"要好好和秋相处"。

不出意外的话，谅会回上一句"我才不要，那家伙动不动就挠人"，而老师也必定会用"那家伙只是嘴笨啦"来打圆场。

"秋的老妈不是离开这里，跑了吗？"

胁田老师刚走出教室，谅就像突然想起什么似的蹦出了这句话。突如其来的话语让秋不自觉地紧握住玻璃门的把手。

"但再怎么嘴笨也不能用暴力解决问题啊。"优太淡淡地说道。

秋站的地方只能看见优太的眼镜框。谅皮肤黝黑，一看就是个调皮的孩子。优太则是文静又认真，圆乎乎的模样更是给人一种温和的感觉。只是，说出这句话的人偏偏是优太，这让秋的心里感到一阵刺痛。

"就是啊！什么都不说就想解决问题，他以为自己是碰碰吗？"

谅的话让秋的肩膀轻微一震。

"啊，还真有可能。要是碰碰真的存在，说不定秋也会变得不一样。"

优太从身旁的书架上抽出一本绘本翻看。这是一本大家都很熟悉的绘本，讲述的是间振岛上流传的有关神秘生物"碰碰"的故事。辅导员老师们常常读给低年级的孩子听，秋、谅和优太也都读过很多次。

"瞎说什么呢？碰碰这种生物根本不可能存在。"

"但老师不是说，这是岛上发生过的真实故事吗？"

趁两人聊得不亦乐乎，秋悄悄溜进了教室。他刻意压低脚步声，蹑手蹑脚地朝冰箱走去。

"就是那个能让人们心心相连的神明吗？"

"对，要是人们能知道对方的想法，就不会再有争执了。"

秋竖耳听着他们的对话，打开冰箱取出一个瓶子，里面装的是同学们养的乌龟的龟粮。"这家伙……它吃龟粮吗？"忐忑不安的秋死死地盯着怀里的塑料桶。

"好恶心，那岂不是要和秋连接在一起，呕。"

见到谅做出一副像是要呕吐的样子，秋简直气得脑袋发烫，狠狠地咬住了后槽牙。就在这时，塑料桶里的"东西"忽然微微动了一下。

很快，桶也跟着剧烈晃动起来，秋害怕里面的"东西"跑走，急忙伸手按住，手心却触碰到那个"东西"的毛发，那感觉就像是摸到了一只刺猬。

秋并没有被针刺中，右手却感受到一股火辣辣的剧痛。

"好痛！"

听见动静的谅和优太停止交谈，塑料桶也啪的一声掉落在地上。

"啊！秋把冰箱打开了！只有吃点心的时候才能打开冰箱！"

秋疼痛难忍，捂着手发出呻吟，优太见状赶紧指了指秋，像是在提醒谅"罪证在此"。谅因为是跪坐着的，此时用膝盖一点点挪近，逼问道："你该不会拿了我的果冻吧？"

秋想回击，却什么也说不出口。

"你搞什么啊？"

秋默默转开视线，这下子谅更恼火了。

"你倒是说话啊！"

秋欲言又止，嘴角紧紧地抿着。明明有那么多、那么多的话想说，却一个字也吐不出来。

"又来了。一碰到什么麻烦事就不吭声了。"

优太也慢慢走过来，说道："他这个人不是一直都这样吗？"

正如优太所说。秋总是难以表达自己的想法。一旦他保持沉默，对方就会怒气冲冲地对他说"你倒是说话啊"。

接着，秋就会——

"喂！"

秋喘着粗气，一把抓住了谅，优太吓得大叫了一声，秋又随之掐住优太的脸。

"你干什么啊！"

"好痛！别抓眼镜啊！"

谅试图还击，秋依旧不放手，狠狠地捏住了谅的鼻子。

"有话就说出来啊！"

"如果能做到，还用得着这么麻烦吗?!"——然而，秋并没有喊出这句话，他本想直接给谅一巴掌，却被优太的惊叫声打断了。

"啊！"

一旁的桌子上突然多了"那个东西"。

它没有发出任何声响，只是静静地注视着三个人。

"刺……刺猬？"

谅放开了秋，小声嘀咕道。

"碰碰……"

秋下意识地喊出了它的名字——那个在这座岛上流传已久的神明的名字。

它像刺猬一样，全身布满了细小的针状毛发，看上去宛如一个栗子壳。午后的阳光穿透玻璃门倾洒进教室，为它的毛发披上了一层金色的光泽。

它圆圆的小鼻子泛着浅浅的红色，眼睛像玻璃纽扣一般晶莹透亮。它眨了两下眼睛，像是在说"碰碰就是我的名字"。

就在碰碰眨眼的一瞬，谅错愕地蹦出一声"啊"，两者的反应交叠成一股紧张的气氛，优太也根本顾不上歪掉的眼镜，只是呆呆地看着碰碰。

"我还以为你终于要开口说话了……"

谅的声音越来越微弱，直到完全消失。

嗞嗞嗞嗞嗞。一阵奇怪的声音在秋的耳边游走，听上去就像是有东西在悄悄蠕动着。

三人这才发现，一片浓黑的阴影正逐渐向他们逼近，教室里昏黄的灯光也突然熄灭——一个庞然大物正向下俯视着他们。

秋将目光缓缓移向碰碰所在的位置，谅和优太也跟着看过去。

原本能够轻松装进小塑料桶里的碰碰，此刻已经大得几乎要碰到教室的天花板。

它身上密密麻麻的针毛纷乱地摆动着，仿佛在瞪着秋他们。它令人不寒而栗，充满了不祥的气息，然而秋怎么也无法移开视线。

视野逐渐被碰碰填满，无尽的黑暗悄然而至。秋仿佛又看见了那座石祠里无数的丝线，它在漆黑之中舞动着，远处还隐约可见一座神社的鸟居。

那一天，秋牵着谅和优太的手回了家。碰碰的小脸，轻轻地从他们手中的塑料桶里探了出来。

*

　　秋正整理着行李,不知为何,他的脑海中突然浮现出了那些久远的记忆。

　　"喂,谅你走太快了!"

　　"我忘了优太是个小短腿了!"

　　谅和优太搬着纸箱走在家门前的小路上,嘴里还不断争论着。优太气得反驳道:

　　"你才腿短呢!"

　　秋微笑看着他们,结果没注意前方,一头撞上了餐厅的门框。

　　小学时,秋的个头就已经很高了。进入青春期以后,秋的身高更是"突飞猛进"。如今二十岁的他,已经长成了一个1米87的超级大高个儿,这也导致他经常在各种地方撞到脑袋。

　　身后的纸箱里传来一阵沙沙的声音,秋回头一看,只见碰碰正微微晃动着身体,从箱子里探出头来。

　　秋他们已经从孩童成长为大人,碰碰的样子却始终如初见时那般,没有丝毫改变。

　　那天,秋、谅和优太三个人肩并肩结束课外活动,回到了家。他们来到一座荒芜的山丘,在堆放材料的地方为碰碰搭建了一个小家。三人约定,要悄悄守护这位神明。

　　从那天起,三人总是形影不离。即使去了不同的班级,他们依然结伴着走过了初中和高中。在按部就班的小岛生活中,他们始终彼此陪伴,聆听着永不停歇的涛声。

　　秋和优太在海滩上见证了谅向喜欢的女孩告白却被拒绝;初三那年的夏天,在同一片海滩上,秋和谅争执着打了起来,优太拼尽全力劝阻两人。秋和谅和好后，碰碰扬起沙子，围着两人开心地跳来跳去。

曾经的"小胖球"优太变成了一个瘦子，秋和谅都没想到优太的减肥行动会如此成功。高中毕业后，谅考取了驾照，他开车带着秋、优太和碰碰一起在岛上兜风。成人典礼上，三人和课外活动俱乐部的胁田老师一起拍了纪念照。

二十岁的春天，三人带着碰碰一起告别了小岛——

优太要去东京的一所服装设计专科学校进修，谅也决定离开小岛去东京工作。两人的选择如同一种无形的力量，秋也在这股力量的推动下踏上了旅途。

三人站在从小岛驶往东京的渡轮甲板上，满怀激动地看着繁华都市的轮廓逐渐显现，不禁你一句我一句地发出惊叹"哇""好厉害啊"。他们穿越过彩虹大桥，将眼前每一根纵横交错的钢骨都深深烙印在了心底。

三人带着小家伙快快乐乐地来到了他们的新家——这里地处新宿区的外围，步行去JR高田马场站仅需十分钟，距离都电荒川线的面影桥站也不远。

这里是一片远离高田马场繁华街区的住宅区。在一条连搬家车都无法驶入的小巷尽头，藏着一栋房龄很高的木造二层小楼。房屋有些破旧，蜘蛛网随处可见，却也因此租金低廉。

不过，在搬入行李和一番细心打扫之后，这个家变成了三人和小家伙的温暖小城堡。梁木闪着耀眼的琥珀色光辉，玻璃窗上雕刻着花卉图案，还有那不时回荡在房间里的轻微响动，这一切都悄悄唤起了他们对新生活的无尽憧憬。

"呀，都这个点了啊？"

谅正在打扫客厅，秋闻声抬起头，阳光透过厨房的窗户悄然洒进来，带着一抹柔和的橙色。

"肚子还真有点饿了。"同在客厅组装金属架的优太也附和道。

于是，秋从水槽下面取出刚收好的平底锅。

"要做点什么吗？我这边差不多收拾好了。"

虽然还没有明确分配任务，但秋自信地知道，做饭的责任必然落在自己身上。毕竟，高中毕业后，他就一直在岛上的餐馆里打工。

"嗯……一下子还真想不到。肚子太饿了，感觉随便吃什么都行。"谅用脖子上的毛巾擦拭着汗，低声说道。

优太也点了点头说"没错"，他停下组装金属架的手，来回看着秋和谅。

"怎么说？做吗？"

碰碰原本在观察刚刚擦亮的水槽，现在也转身望向秋。

谅和优太默默来到餐厅，秋伸出右手，优太和谅依次将手叠在他的手上。

就在这一刻，优太的声音传入耳中——

有点累了，不想吃那种油腻的，想来点卖相好的食物换换心情。

优太并没有张嘴，声音却清晰地传入了秋的耳中。紧接着，谅的声音也传来——

便利店的东西早就吃腻了，还是想吃点热乎的，带汤水的东西。

没错，尽管嘴上说着随便，其实每个人都有自己想吃的东西。

就连秋也不例外。今天是搬新家的第一天，秋想做一些特别的食物。不过，大家手头都没什么钱，共同生活在一起还是要尽量节省一些，秋甚至计划在厨房的窗台边种一些豆苗来减少开支。

那总结一下，就是看起来精致的汤类？

不要味噌汤。

就做一种吧，不然太麻烦了。味噌调味就好，一碗下肚，舒舒服服的。

通过紧握的双手，三个人分享着彼此的想法，并在内心深处继续思考。而所有的心声在同伴耳中都清晰可闻。

小时候课外活动俱乐部的……

老师做给我们吃的……

周六的那个午餐。

"啊，想起来了！那是……"当秋抬头望向天花板的一刹那，谅和优太齐声喊道："就它了！"

一旦松开手，两人的声音便不再传来。

"那就做它吧。"

秋朝冰箱走去，谅和优太一边说"秋最靠谱了""那我去整理架子"，一边走出餐厅。

秋看着冰箱里的东西，碰碰则站在水槽望着他。目光交汇时，碰碰的针毛随着它的身体一起轻轻颤动，像是在诉说着心中的快乐。

那天的晚餐是放了许多大块食材的炖菜。这栋房子的二楼有一个大阳台，三人围坐在一起品尝了炖菜。作为搬家后的第一顿晚餐，它的确带着些许特别的味道。

"好吃！就是这个味，味噌炖菜。好久没吃了！"

这道暖咖啡色的菜里加了大量味噌，几乎掩盖了其他味道，秋他们干脆称它为味噌炖菜。以前在小岛的课外活动俱乐部上，它是一道周六时常常出现的经典菜品。

"不过是还原了你们记忆中的味道罢了。"

碰碰让三人的心紧密相连，即便没有言语的交流，彼此的情感与思想也早已互通，甚至连那久违的味噌炖菜的味道，也能在心间流转。

"这卖相可比在课外活动俱乐部那时候吃的还要好呢。"

优太说想吃卖相好的菜肴，秋便在食材的颜色搭配上稍微花了些心思。此刻的优太正拿着手机一顿狂拍："我要发到Instagram（注：海外社交软件）上。"看来，优太对这顿饭十分满意。

"味道也很棒，还是秋最会做饭！"

秋偷偷笑了，曾经最不喜欢自己的谅，现在竟然夸奖了自己。

碰碰在一旁咯吱咯吱地享用它的食物，那根没有体毛的细长尾巴正欢快地左右摆动着。

每当三人一起吃饭时，碰碰的心情总是特别好。虽然看不出它的表情，但那随风摇曳的体毛却在无声地诉说着它的喜悦。

秋不敢触碰碰碰，他清楚地知道那样会带来痛楚，所以只在一旁微笑地看着它。本以为那是针状的体毛引起的刺痛，但其实并非如此——与碰碰进行身体接触本身就会伴随着一阵尖锐的痛。

起风了，春日的暖意与清洌的香气交织在一起，缓缓地流淌着。

阳台外，远处新宿的摩天大楼高耸入云，它们亮如明星，在东京那几乎刺眼的夜空中，这些建筑以无与伦比的光辉，挑战着夜的深邃。

从间振岛来到东京，眼前没有了海的浩渺，也没有了海风的轻拂。三人曾一起在沙滩上躺成"大"字的那段时光也已成为回忆。

尽管环境发生了翻天覆地的改变，但不可思议的是，他们的心中没有一丝不安或恐惧。

世事或许会有种种变化，但三人和小家伙的故事将永远书写下去。只要这份陪伴不曾改变，未来的一切都会变得不足为惧。

第一章 三人之家

◆小野田秋

"怎么样？已经习惯这里的工作了吗？"

这间名为"永久之椅"的酒吧的老板一边认真擦拭威士忌酒瓶，一边轻笑着问道。

秋正在吧台里洗东西，听到这句话后脱口而出一个"呃"字，但后面的话像是卡在了喉咙里。

"呃……"

"你家就在这附近吧？和朋友住在一起吗？"

"永久之椅"是位于高田马场附近商住混合楼中的一间小酒吧，规模并不大，老板和兼职的秋两个人就完全应付得过来。

"呃……算是吧。"

"他们是做什么的？"

秋清洗着调制鸡尾酒的量酒器和摇酒器上的泡沫，一边说"呃"，一边不自觉地避开了老板的目光。只要是与谅和优太以外的人交流，秋就还是老样子。

"一个是学生，一个是做房地产相关工作的。"

"秋君，能不能别一直说'呃'？"

老板一脸无奈地回过头来看秋，秋又无意识地"呃"了一声，随即慌忙用手捂住嘴巴。

老板耸了耸肩，刚要再说些什么时，店外传来了一名女子的说话声，酒吧的门也被推开了。

一位男性熟客与一名女子大声喧哗着走进酒吧，尽管还不到开门营业的时间，老板依然笑着把他们引到了吧台。

第一章 三人之家

"啊,没问题,请进请进。"

这两人看起来精神亢奋,像是已经在别的地方喝过了第一场。

"老板,你知道吗?这个人可不得了,他说他能读懂人心。"

女子笑嘻嘻地说道。秋并不感兴趣,默默地把一盘小饼干和牛油果酱放到两人面前。

"高冷小哥,你还在这儿干啊?"

秋本打算悄悄离开,却被熟客笑着叫住。

"要不要我帮你看看你心里在想什么?"

秋一言不发,熟客却突然指着秋,像在思考什么似的"唔"了一声。

"这大叔没事吧?真想弄死他!"

熟客突然大声喊了这么一句,把秋、老板和女子都吓了一跳。秋实在想不明白这无聊的游戏到底有何乐趣,熟客却乐在其中,带着几分戏谑继续问道:"你的心里是不是这么想的?"

"哇,好烦人好烦人,饶了我吧。"秋在心里默念着。秋小心翼翼地控制着自己的表情,生怕让不耐烦表现在脸上。女子被吓得喷出了一口鸡尾酒,秋依旧没有开口,默默递上了湿巾。

"喂,你倒是说话啊!你一个做服务行业的就这种态度吗?长得人高马大的,结果就是一个蠢货!"

秋终于忍不住了,向前迈出一步,正要出手时,被眼疾手快的老板按住了手腕。

"我来擦这些东西,秋,你就去外面买……买点冰吧!"

"啊?想打架吗?!"熟客怒吼道。

一旁的女子赶忙制止道:"你消停点吧,别再找碴儿了。"

老板也顾不上这两人,递给秋一个环保袋后就把他往店的后门推,说道:"去买冰吧。"

15

"好了好了，喝点什么？店里刚到了竹鹤21年（注：日本一款备受赞誉的纯麦威士忌）。"

老板重新回到吧台，对着两人一个劲地赔笑脸。秋略有些不屑地走到店外，用双手捂住了脸，到头来还是要按照老板吩咐的去做。秋穿过小巷，走到神田川沿岸的路上。

被改建过多次而变得冷冰冰的神田川在眼前缓缓流淌，凉风吹拂而过，秋的头脑也稍稍冷静了一点点，没错，只有一点点。

"难道要我回他'吓我一跳，您别开这种玩笑了，真是的'吗？这怎么可能说得出口啊。真受不了那个大叔了……"

秋正嘀咕着"他嘴巴真臭"，一个头戴针织帽的年轻男子冲了过来。

"好痛！"

男子猛地撞上秋。然而男子非但没道歉，反而怒吼道：

"挡什么路啊，蠢货！"

他粗暴地抓着一个女式包，骂完便匆匆忙忙地跑走了。

秋有些气愤，正想追问几句时，前方突然传来了女性的叫喊声："找到了！小偷！"

两个年轻的女孩从街角冲出，与那名男子拉扯了起来。一个女孩高个儿长发，另一个小个子女孩则看起来十分文静。

"快还给我！只还包也行！那是我攒工资买的！"

小个子女孩死死抓着男子手中的包，头发也跟着不停地甩动。她拼命的样子让一旁的长发女孩也开始呼吸急促起来。

"喂，搞什么啊，拦路抢劫？"秋有些慌了神。这时，戴针织帽的男子竟然朝着皮包主人的肚子踢了上去，嘴里还骂骂咧咧道：

"可恶，真难缠啊！"

长发女孩见状大叫道："奈南！"

男子抱着包沿原路返回，又一次从秋的面前匆匆跑了过去。

"谁能帮忙报个警？有人拦路抢劫！"

长发女孩一边抱着倒地女孩的肩膀，一边大声向四周呼救。一个上班族模样的男人低着头走过，刻意避开了女孩这边的视线。路上满是行人，却都带着"事不关己"的表情选择了视而不见。

"有人能帮忙吗？"

长发女孩不停地大喊着，秋开始奔跑。

高田马场车站的四周简直是一座"迷宫"，高楼林立，给人一种压迫感。抢包贼步伐急促地奔跑其中，时不时还回过头来，用恶狠狠的目光瞪着秋。

秋对自己的跑步能力并没有什么信心，因为自己的百米跑和长跑的成绩都很普通。即便追了上去，自己到底能不能抓住他，还真不好说。

果不其然，在拐过几次街角后，抢包贼的身影逐渐远去，最后彻底消失不见了。

"可恶……"秋忍不住骂了出来，没想到一转眼却看见了一条熟悉的街道，那是自己平日里从车站回家的必经之路。

在投币停车场前，秋看见了下班的谅和放学的优太。谅皱着眉头，看着前方说道："真危险啊。"

"优太、谅！"

秋气喘吁吁地停在两人面前。看着秋一脸急切的样子，谅和优太的眼中充满了疑惑。

"秋？你这是在干什么？"

"你、你别着急。"

"啊，那什么……我……"

秋说不出话来。

"我们正打算去你店里找你呢"，谅正说着。优太则从包里拿出一袋狗粮说："我买了这个，给碰碰吃的。"秋非常急切，猛地抓住了两人的手——

有没有看到可疑的人？

三人的心声通过掌心传给彼此。

可疑的人？

戴绿帽子的那个？

就是他！抢包贼！

那个家伙啊。

总之先报警吧⋯⋯

他抢了一个女式包。

太危险了，还是别管了。

他在店门口踢了一个女人。

他撞到了优太，然后跑走了。

太过分了。

那个客人真让我火大⋯⋯

这会儿应该已经抓不到了吧。

秋的呼吸慢慢平稳下来，两人的声音也让他逐渐恢复了冷静。

我要去追他。

谅和优太的话语交织在一起，很快盖过了秋的声音——

前面在修路，他应该只能往河的方向跑。

说不定他会绕回去。

秋不由分说地立刻冲了出去，身后传来谅的呼喊："喂，秋！"

不过秋哪里有时间理会，他头也不回地拼命向前奔跑。

穿过大楼之间的狭窄小巷，秋重新跑回到神田川沿岸的路上。

第一章 三人之家

正如谅所预料的，抢包贼绕过封路，踉踉跄跄地出现在街道转角处。

一看见秋的身影，抢包贼又慌乱地奔跑起来。秋深吸一口气，奋力追了上去。路人们纷纷投来异样目光，但秋根本顾不上这么多。

神田川上零星地架着几座小桥。抢包贼跑了好一会儿，终于因体力不支，在一座名为"源水桥"的桥中间停下了脚步。

"你怎么这么难缠啊……"抢包贼手撑着栏杆，气喘吁吁地怒视着秋，"搞什么啊，你认识那个女的？"

秋喘着粗气，不知该如何回答。

"不是……"

"啊？那你追什么啊？闲着没事做吗？"

"少废话，快把包还回来。"

秋伸出右手，慢慢向抢包贼逼近。秋本以为对方会束手就擒，没想到男人却恶狠狠地喊道：

"好啊！那我就不要了！"

男人挥舞着包，准备将它扔进神田川里。秋猛扑过去，总算在最后一刻抓住了包的提手。

"放开！你这人到底怎么回事？不认识的话就别插手！"

男人朝着秋大声咆哮，一大口唾沫飞溅到秋的脸上。秋一言不发，拽着包不放手。

的确，这件事与秋无关，但事已至此，秋又怎么可能说一句"那我不管了"就置身事外呢？

就在这时，秋在余光里瞥见了一个快速掠过的小小身影。

"你倒是说话啊！"

抢包贼抬起左脚，准备像刚刚踢皮包主人那样踢秋。就在秋试图躲开时，一个东西从他的双腿之间飞一般地蹦了出来。

那是一个他再熟悉不过的，圆滚滚的小身影——全身长满了尖

19

针般的体毛。

小身影用身体猛地撞上抢包贼的脚,将他翻倒在地上。没错,那是碰碰。

"……碰碰!"

这一撞让男人忍不住大喊"好痛啊",随即手一松,放开了包。

更糟糕的是,由于反作用力,他失去了平衡,整个身体从桥栏杆上翻出,直直掉了下去。

"啊,来不及了。"秋在心里默念着,眼睛呆呆地看着抢包贼的脚尖消失在雕花栏杆的外侧。

谅就在这时突然出现了。谅穿着新西装,衣摆在风中不停地飘动。他从栏杆上探出身子,拼尽全力抓住了抢包贼的脚踝——

"啊……"谅轻声从嘴里蹦出一个字。

伴随着一阵干涩的摩擦声,男人的脚踝滑出了谅的手掌。

紧接着,桥下传来了水花四溅的响声。秋这才意识到,自己不知何时已经跌坐在地上,而优太正扶着他的肩膀。

谅还伸着手愣在原地,一旁的秋和优太则战战兢兢地望向了神田川。

这一带的水位并不深,抢包贼"漂亮"地摔了一个翻转,脚先着地,最终一屁股跌坐进了浅滩里。

看见抢包贼并无大碍,秋总算是放下心来,轻轻抚了抚胸口。谅和优太也不例外,三人几乎同时长叹了一口气。

"啊!是他!就是他,那个抢包贼!"

一个尖锐的声音在神田川上空回响起来——那个长发女孩带着朋友和警察匆匆而至,怒喊道:"警察!快啊!"

"怎、怎么办……警察来了。"

优太四下张望,三人不由自主地将目光一起投向了人行道。此时的碰碰正滴溜溜地转着圈，变成了一个圆球。

"得把碰碰藏起来……"

"啊，我有环保袋！"

优太将折叠起来的环保袋展开，小心地盖在了碰碰的身上。这时，身后突然传来了一个声音："请问……"

优太回过头问道："欸，是谁？"

秋和谅则慌忙把碰碰塞进了环保袋里。

"请问，那个包……"

一个满头大汗、神色不安的女孩指着秋的手。她就是包的主人。

"包？"谅和优太同时疑惑地歪下了脑袋。秋从两人中间穿过，将这个历尽千辛万苦才抢回的包递给了女孩。

秋跌坐在地上时，包因为蹭到了地面而略有污渍，但幸好并没有刮伤。

"那个……稍微有点脏了……"

也许是因为秋太过高大，女孩像是心有胆怯地往后退了退。

"啊，没事，真的非常感……"

话刚说到一半，女孩却突然睁大了眼睛——秋手中的环保袋晃动了一下，几十根针刺破了袋子，碰碰飞了出来。

"啊！"

秋慌忙将环保袋藏到身后，但显然为时已晚。女孩张大了嘴巴，抱着包呆呆地站在原地。

"秋，快走！"谅大叫道。

慌乱中，秋向女孩边鞠躬边说了句"再见"。女孩像是有话要说，直直地盯着秋。秋压根顾不上理会，抱着不停动弹的环保袋飞快地逃开了。

那个抢包贼还想逆流而上，继续逃跑，警察在河岸上急切地追赶，朝着他大喊："喂，站住！"

剩下的事，就交给专业的人去处理吧。

*

秋推开玄关的门，刚喊出"我回来了"，头就猛地撞上了门框。秋揉了揉额头，正脱着鞋子时，只见谅一边拿毛巾擦着头发，一边从浴室里走出来。

"哟，今天这么早就下班了。"

"是啊，今天发生了好多事。"

虽然说提早下班是件好事，但今天既碰上了难缠的客人，又跑去抓抢包贼，这一天的经历着实让秋感到有些疲惫。

"你呢，怎么还没睡？"

"嗯，马上就睡。"

说着，谅从冰箱里拿出麦茶，倒入杯中。

"优太呢？"

"他在弄学校的作业。对了，优太生气了，他说你没把窗户关好。"

端着麦茶的谅在客厅的垫子上坐了下来，他指着外廊的窗户，无奈地耸了耸肩。

在秋他们上班和上学的时候，碰碰自然就留在家里，而今天负责关门窗的是上晚班的秋。

秋还记得，他将昨天用作晚餐食材的胡萝卜头浸泡在水中，想着这样能让它重新长出新芽（据说后面新长出来的叶子可以食用），也记得自己检查了从前天开始种的豆苗的生长情况。然而，秋对关窗这件事却毫无印象。

"是啊，下次要注意了。"

第一章 三人之家

优太手提着一个篮子，一脸气呼呼地走进客厅。篮子里的碰碰正开心地转着圈，看起来心情很好，也许是因为之前太久没有出门了，所以才如此兴奋。

"万一碰碰再随便跑出去惹出麻烦，搞不好大家就不能再待在一起了。"

"可是，只有岛上的人才知道碰碰的传说吧？"

谅说得没错，但毕竟碰碰是——

"万一被当成是某种外来入侵生物就麻烦了。"

如果某种被禁止进入日本的非洲珍稀刺猬逃到了街上，恐怕会引起不小的争议麻烦。况且，碰碰还特别亲人，搞不好就这么跟着路上的行人回家了。

"再怎么帮别人也不能乱来，尤其要面对的麻烦还是个抢包贼。"

感受到优太犀利的目光，秋只好默默转开视线。优太把碰碰交给秋之后便去洗手间刷牙了。

碰碰从篮子里探出脑袋，用鼻子轻轻嗅了嗅。看到这一幕，谅从厨房拿来了刚打开的狗粮袋。

"怎么了，晚饭没吃饱吗？"

谅往碰碰的碗里倒了一些狗粮，碰碰从篮子中一跃而出，滚动着扑向碗里的食物。

"哇，这个买对了。明显比之前的那些吃得更起劲。"

之前一直给碰碰吃的食物已经停产了，大家尝试了许多新的东西，但几乎没有让碰碰满意的。碰碰还真是位挑食的神明呢。

"哇，真的。"

碰碰很快就把碗中的狗粮一扫而空。这时，叼着牙刷的优太轻轻踢了正蹲着的谅的背一脚。

"哎哟！"谅立刻叫唤了一声。

几秒钟后，谅面带愧色地说道："抱歉！"

大概是优太通过碰碰的力量，告诉谅这么晚不应该让它吃这么多吧。

"真是的，又乱用碰碰的力量。"

"但不得不说，是真的很好用。"

秋深有感触地点了点头，优太一边上下刷着牙，一边歪着头说了一声："哦？"

"那挨是吼机更方现，毕竟远距离的时候也能躺通（注：本处为有意表现人物说话含混不清的手法）。"

优太大概是想说："那还是手机更方便，毕竟远距离的时候也能沟通。"

"不过，碰碰还能感知到一些你想要隐瞒的事情。"

"开口讲话太麻烦，还不如一开始就不要有什么秘密，反而更轻松。"

衔着牙刷的优太望向秋，嘴里轻轻发出"欸"的声音。就连谅都露出了一副震惊的表情，说道：

"按你这种想法怎么从事服务行业啦。"

然而，对于秋这样一个不善言辞的人来说，无须开口就能传达心中的想法的确是一种大大的解脱。

"对了，房东打电话到我们店里了，说是下次续签合同时可能会涨租。"

谅工作的房地产公司位于都电荒川线的鬼子母神前车站附近，这栋房子也是由他们公司所管理的。

秋和优太显得很吃惊，谅则无奈地叹了口气。

"这原来是一栋一直没人租的破房子，还是由我们几个辛辛苦苦打扫干净的，结果这么快就想着涨租的事了？"

略有些不爽的谅将手伸向桌子，秋便递给他一杯倒好的麦茶。一瞬间，秋和谅的指尖不经意地触碰在了一起——

其实，作为同样搞房产的，我倒是也能理解……

秋竟然听见了谅的心声。如此说来，谅也肯定听见了秋那孩子气的牢骚——搞什么啊，那个房东，就会挑软柿子捏，人还那么贪，真够可恶的。

不过，谅什么也没说，只是淡定地喝着麦茶。

"啊！碰碰，快停下，不能再吃了！"

碰碰又将脸埋进了狗粮袋中，谅赶紧一个飞扑制止了它。优太还在洗手间里漱口，笑着说："你们可真闹腾。"

不仅仅是谅。碰碰的力量让彼此的真心开始显现，秋这才深深体会到，谅和优太的内心是如此纯净，他们几乎没有算计与怨恨，没有刻薄的言辞，甚至很少有消极的情绪。

在互相倾听对方的声音时，秋常常觉得，自己才是那个最幼稚、满腹怨言、急躁且性格不讨喜的人。谅和优太明明听见了秋的所有心声，却总是一言不发，平静地接受了一切。每每如此，秋的心中总会涌上一股莫名的担忧。

怀有如此纯洁的心灵，他们真的能在这复杂的世界中行走自如吗？秋明明觉得自己才是那个最不靠谱的人，却依然无法控制地为他们感到担心。

像是看穿了秋的心思一般，被谅收走了狗粮袋的碰碰抬起头看着秋。那双看不出任何感情的圆圆眼睛，在荧光灯下闪闪发亮。

触碰你
FURERU

◆井之原优太

"那么，每个小组分别交出两种婚纱的设计吧。"

班主任话音刚落，整个实习室立刻喧闹起来——

"怎么办？"

"时间太紧了吧？"

"上次的作业还没搞定呢。"大家你一言我一语地发着牢骚，优太也偷偷叹了口气。

实习室里摆满了人体模特和缝纫机，从窗户望出去可以清楚地看见新宿的高楼大厦。白色的荧光灯反射在窗玻璃上，摇摆不定，像是某种不安的心跳。

被分到同一小组的成员碰头时，一个叫长井的女生率先开口："那谁来当组长？"优太的目光扫过其他成员，发现长井的朋友辻本正从桌子另一端望向自己。

"优太学长怎么样？他比我们都大。"

优太看着辻本，脱口而出道："啊？"

虽然辻本直接叫了自己的名字，但是优太感受不到一丝真情实感，那语气中分明透着一种"麻烦事就交给不太合群的年长者吧"的意味。

对于高中毕业后直接升入专科学校的这群人来说，二十岁的优太确实比他们都要年长。

"是啊，优太学长一直就是个超级潮男。你今天这身搭配，应该是岛屿人特有的风格吧？"山口指着优太的亮蓝色衬衫说道。

爱开玩笑的山口一直是班里的人气王，但在优太看来，山口的所作所为根本不是什么开玩笑，他只是一个毫无礼貌又没情商的人。

"欸？并不是……"

在这所新宿的服装设计学校里，发型和穿着惹眼的学生比比皆是。顶着一头粉毛和绿毛的学生都已经是最普通的了，有的学生穿着全身带刺的衣服，有的穿着超高跟的厚底鞋，更有甚者头上戴着像圣诞树一样会发光的饰品，这些出格的打扮优太实在不敢尝试。

优太的蓝色衬衫的确很鲜艳，但和他们一比就显得稳重多了……不，应该说是朴素。

"就是海岛风吧？"

"岛民不容小觑！"

小组成员们互相打趣，笑声不断。优太有些摸不着头脑，不知道他们是真心觉得好笑，还是在嘲笑自己的衣品，又或是把自己这个人缘不好、比大家都年长的同班同学当成可以随意取笑的对象。

"啊哈哈哈……"

此时此刻，只有笑一笑才能让气氛不那么尴尬吧。勉强挤出笑容的优太不自觉地在桌下紧紧握住了双手。

在教室角落里一直看手机的副班主任岛田不经意地望向这边，正好碰上了优太的视线。岛田微微一笑，像是在说"大家看起来都很享受实习呢"，很快又将视线移回到手机上。

最终，实习组组长一职落在了优太的身上，显然，他根本无法拒绝。

◆小野田秋

"那我去参加商会的活动了。"

"永久之椅"的老板拿着包，一脸担心地盯着秋的脸。

"一个人没问题吧？"

秋差点又要脱口而出一个"呃",赶忙改口道:"啊,大概……没问题吧。"老板歪了歪头,像是仍然有些不放心的样子。

"那我走了。记住,不可以用上次那样的态度对待客人。店里就拜托你了!"

不知道是不是赶时间,老板匆匆走出了酒吧。随着酒吧门缓缓关闭,秋一边擦拭玻璃杯,一边小声祈祷:"希望今天没人来,希望今天没人来……"

然而事与愿违,刚刚才关上的门又被轻轻地推开了。秋看着走进来的客人,嘴里的"欢迎光临"戛然而止。

"嘿,在营业的吧?"

走进门的是从公司下班的谅。优太也从谅的身后探出头来。

"我们来玩了。"

"明天我休息,就想着来你这儿喝一杯。"

"顺便来监督一下你,免得你又搞出什么麻烦来。"

两人笑嘻嘻地坐在了吧台前,秋觉得自己已经在无意中放松了下来。

"我才不会惹麻烦呢。那,你们喝什么?"

"我要高球酒(注:加了苏打水的威士忌,一种较为大众化的酒品,在普通小酒馆就能喝到)。"

"来这种地方就得喝更有洋味儿的鸡尾酒。"

优太用手托着脸,点了一杯琴蕾酒。优太得意扬扬地分享着有关鸡尾酒的知识,秋则在一旁默默地准备了两个酒杯。谅听了优太的推荐,点了一杯汤姆·柯林斯酒。

"哟,你这里居然有竹鹤21年啊,就用它做基酒吧。"

"你想让我被老板杀了吗?"

秋可不敢在老板不在的时候动这瓶竹鹤21年,最后他选了无年份的纯麦威士忌来调制。

尽管手法算不上很熟练,但每当看到秋摇酒时,谅和优太都像孩子一样激动地欢呼。

"会调酒的男人肯定特别受欢迎吧?"谅半开玩笑地问道。

秋将摇杯中的酒倒入谅的杯子中,耸了耸肩。

怎么可能!自己连最基本的接待客人都做不好,又怎么会受欢迎呢?

"真羡慕你啊,优太,服装学校里面肯定遍地都是女生吧?"

"没有什么男女之分,大家都是竞争对手。"

"那有什么的,就算是竞争对手,有女生在就是好事啊。哪像我们事务所,一群大老爷们,像体育系似的。"

谅重重地叹了口气。秋并未发表什么意见,把琴蕾酒放在了优太的面前。见秋拿出一瓶竹鹤牌纯麦威士忌,谅抬头望向天花板说道:"竹鹤啊……"

"要不你再随便帮一只鹤,说不定它会变成一个可爱的女孩子来报恩呢。"

"随便帮一只鹤……"

优太话还没说完,店门又被推开了。怎么偏偏老板不在的时候却一直有客人登门?

秋刚准备说"欢迎光临",但一看见从门缝里探头,向店内窥视的两个女孩子时,他立刻"啊"了一声,停下了摇酒的手。

"啊!终、终于找到了!"

这个大声叫喊着冲进来的,正是前几天被抢包的女孩。另一个是那天的长发女孩,她一边四下打量,一边走进店里。

"我是……前几天你帮过的那个人……"

优太和谅对视了一眼,异口同声地喊道:"鹤来了!"

"鹤？"两个女孩歪下了脑袋。秋则一边往杯子里倒入汤姆·柯林斯酒，一边来回看着竹鹤牌纯麦威士忌和困惑不已的女孩们。

*

秋推开家门，看见玄关处摆放着两双女士鞋，不由得愣了一下。

末班车的时间早就过了，客厅里却是一片欢声笑语。那是谅的声音。他正兴高采烈地讲着自己负责的一处房源的布局是如何如何地奇怪。

一个清亮的女声响起："你肯定是瞎说的！"

"哟，你回来啦。店里没事了？"

优太从餐厅探出头来，在他身后站着的是那天被抢了包的浅川奈南，此刻她正有些不安地看着秋。

"你们走了后，老板很快就回来了。"秋刚想开口这么说，却听见奈南突然鼓起勇气开口道："啊，小野田先生，抱歉，刚才没能在店里向你好好道谢。"

"没关系啦，一下子来了很多客人嘛。"

"可是……"奈南一时有些语塞。

优太看起来心情很好，笑盈盈地邀请奈南去客厅。看来，在秋和老板因为酒吧的客人忙得不可开交的时候，这两个人已经打成一片了。

"秋，快过来呀。"

谅似乎也不例外。客厅里，奈南的朋友鸭泽树里正悠哉地喝着罐装酒，完全像是在自己家一样放松。从正面望去，她有着一双大而细长的眼睛，眉宇棱角分明，自带一股英气，让人印象深刻。

奈南将作为谢礼的瑞士卷蛋糕放在秋面前，俯下身鞠了一躬。

第一章 三人之家

"真的非常感谢!那天被抢的包里有我刚从银行取的下个月的房租钱,你简直是我的救命恩人!"

大家把瑞士卷完美地取出,并切成了五人份。如果秋再晚一点回家,谅绝对会提议"我们先吃吧",然后毫不犹豫地对蛋糕"下手"。

"真的帮了我们大忙了……唔,小野田先生……"树里说道,理了理坐姿。

"叫他秋就行了。"谅笑着抢话道。

"话说回来,我们俩也帮忙了啊。"

"我听说了,谢谢你们。"

秋默默注视着眼前的景象——这个一直以来的三人之家,今天却多了奈南和树里这两道陌生的身影。谅因为曾经出手相助过的"鹤"以带来瑞士卷报恩而心情大好,而优太也和奈南不亦乐乎地聊着学校的事。

"不过真没想到,奈南姐也是清水服饰学院的啊。真是太巧了,原来你是我的学姐啊。"

"学校的事已经是两年前啦,现在我一边工作——"

原来,他们还是同一所专科学校的学姐和学弟。

秋默默将手伸向了坐在一旁的谅,两人的指尖轻轻相触。

想都不想就跑到我们家来了,是不是有点太随便了?

秋面不改色地通过心声向谅发问。

优太大概是看上奈南了,那树里就由我来……

谅笑而不语,在心里回答着秋。

还不是因为你店里突然忙起来了。

但再怎么说也是第一次见面的异性……

两人你一句我一句,有一搭没一搭地交换着真心话。这时,树里突然站起来说:

"借用一下洗手间。"秋赶紧抽回了手。

"服装设计专业确实不错,但我还有许多其他感兴趣的事。"

"啊,是吗。确实,尝试不同的事物是很重要的。"

"是吗?谢谢你理解我。"

看来,谅说的"优太大概是看上奈南了"像是真的。虽然优太并没有变得话很多,情绪也没有特别激动,但作为一起长大的玩伴,秋还是能感觉到优太的语气比平时多了几分欢快。

"那你现在是……"

优太的话刚说了一半,突然从厕所传来一声尖叫:"呀!"

随着一阵急促而混乱的脚步声,树里回到了客厅。秋、谅和优太都瞪大了眼睛,终于意识到发生了什么事:"啊!"

"洗手间里有个乱糟糟、干巴巴、尖刺刺的东西!"

秋一脚踢开坐垫,飞奔向洗手间。

"碰碰!"

此时此刻,碰碰正像个陀螺一样在洗手台前旋转个不停。看见秋之后,碰碰停了下来,伸展出全身的针毛。正如树里所说,这是个乱糟糟、干巴巴又尖刺刺的东西。

碰碰的脸上虽然看不到什么明显的表情,但依然能清楚地感觉到它生气了。

"碰碰?碰碰是它的名字吗?"树里在身后大声嚷嚷着。

秋忍不住嘀咕道:"它怎么会在这里……"

"我想着女生可能会害怕,就把它藏这里了……"

就在谅探头看向洗手间内部时,碰碰猛地飞扑了上去。看来,它因为被关在洗手间里而气得发狂了。不仅仅是体毛,就连它的尾巴也因发怒而直直地竖了起来。

"好痛!秋,快、快帮帮我!"

谅试图逃走，碰碰在谅的背上跳来跳去。树里根本顾不上整理自己那乱成一团的头发，只是抽动着嘴角看着谅和碰碰。

"快、快想想办法……你听我说……"

秋赶忙去浴室拿脸盆。也许，只有喂它吃一些特别美味的食物，才能平息它的怒气。

"碰碰，我错了！真的错了！好痛！秋……"

秋打算用脸盆盖住碰碰，可碰碰一直动来动去，根本抓不到。它继续用身体冲撞着谅的背部和臀部。这种撞法的确会让人很痛。

"我果然没看错……"

奈南从餐厅的门帘缝隙里呆呆地望着这边。一旁的优太看着她问道："你指什么？"

"那不就是……上次你们帮我时也出现过的东西吗？"

"啊？不太清楚啊……"优太试图蒙混过关。

秋则抱着脸盆无奈地叹了口气——那么多针从环保袋里刺出来，是个人都会看得一清二楚吧。

"我果然没看错！"

奈南兴奋的大叫声淹没了谅那句"快救救我"的呼喊声。

◆ 鸭泽树里

山手线始发列车空荡荡的，奈南略显疲惫地坐着，树里则手抓吊环低头看着她。

"那里真的挺合适的。"

不需要多说什么，奈南立刻就明白了——那三个和她们同龄的二十岁男生住在一个屋檐下，那间房子的确再合适不过了。

"嗯，地方挺大的，碰碰也很可爱。"

树里觉得，男生们把一只刺猬当宠物确实挺稀奇的。虽然它会竖起刺，又会在人的身上跳来跳去，有些吓人，但只要奈南喜欢就好。

"有男生在也会更安全吧。"

还有——

车厢里只有她们两人，但以防万一，树里先是四下瞄了几眼，然后压低声音说道：

"那个秋和谅，他们俩好像有一腿！"

"欸？"奈南瞪大了眼睛，树里忍不住笑了出来。

树里看见了。下班归来的大高个儿男孩秋，一边看着正开心聊天的奈南和优太，一边和谅牵起了手。

"不过我想，应该不会出什么事的。"

"可是，优太……"

"没事的。"

树里见奈南低下头，耷拉着肩膀，语气坚定地说了句"没事的"来安慰她。这句话总能让奈南稍稍放下心中的担忧。一直以来，她们都有这种默契。

"那家伙已经不在学校了。"

"所以，没事的。"树里在心中默念着这句话。她不再多言，只点了点头，奈南也微笑着回应："是啊。"

这时，电车发出咯噔咯噔的碰撞声，车厢也微微摇晃了起来。在空荡荡的车厢里，这声音显得格外尖锐。

树里感到好像有一道目光投向了自己，她下意识抬起头，朝着电车的行进方向望去，却没有看到任何人。

◆井之原优太

明明大家都是同班同学,也在同一个小组实习,可为什么自己每次想开口时就会变得这么迟疑不前呢?

"我说,这里蕾丝的处理……"优太拿着设计图,终于鼓起勇气开了口。

长井双手合十道:"啊,这个就麻烦你了,组长!"

然而,优太并未在长井的语气中感受到丝毫歉意。

"我们这边在忙着处理裙摆的部分呢。"

"啊,可是……"

这次的实习课题是婚纱设计。婚纱本就是个耗费精力的题材,尤其是背后的裙摆部分,更是决定婚纱整体板型的关键。

可是,蕾丝的处理也需要很多工夫……应该说,单靠一个人来做的话,这无疑是一项艰巨的任务。

"哇,这个有点厉害!"

优太正纠结着如何开口才能避免冲突。就在这时,那个爱开玩笑的山口像是故意要排挤优太似的举起了自己的手机。天哪,这家伙……他不是爱开玩笑,真的只是一个没礼貌又毫无情商的人而已。

一瞬间,组里所有人都停下了手中的工作,纷纷围着手机叽叽喳喳起来,就连长井也一直盯着那莫名其妙的视频,看得入了迷。

"真的假的,这也太扯了!"

"哇,这个好火啊!"

"真是绝了!"

开心的笑声一阵阵传来,彻底打断了优太的思绪,将他推到了一边。那笑声仿佛在说"好了,别说这个了,剩下的就交给组长吧"。

结果，大家手里的工作几乎没什么进展。午休时间到了，除了优太，其他人都理所当然地去吃午饭了。当然，没有人问优太是否要一起去。

优太坐在中庭的椅子上，思考着怎样才能在截止日期之前单独完成那堆蕾丝的处理。

优太抬头望向淡蓝色的天空，忍不住打了个哈欠。这也难怪，毕竟他和奈南、树里一直闹腾到了今天早上。

万万没想到，奈南和树里发现了碰碰之后，立刻化身为了"碰碰守护会"的成员。虽然优太一度担心碰碰的存在被外人知道了会不会有麻烦，但是好在两人都相信了"碰碰只是一只稀有的宠物刺猬"的说法。

被关在洗手间的碰碰原本还气呼呼的，但当初次见面的奈南和树里不停说着"好可爱、好可爱"时，碰碰顿时就被哄好了。

当他们终于躺进被窝，天空已经泛起了晨光。要上课的优太只打了两小时的盹就匆匆起床准备出门了。秋和谅也早早起床，三人一起吃了早餐。

虽然大家可以各吃各的早餐，但如果哪天早上大家没有一起吃，碰碰一定会生气。碰碰不停用身体撞向优太他们的背和屁股，像是在催促三人快点一起说"我开动了"。

优太将米饭和味噌汤塞进"半睡半醒"的胃里，心情沉郁地来到学校。昨天和大家玩得很开心，秋做的早餐也十分美味，但优太还是觉得有些闷闷不乐，今天不上班的谅和上晚班的秋是他此刻最羡慕的人。

"优太。"

就在优太无力地打出第三个哈欠时，副班主任岛田从自动售货机旁悠闲地走了过来。

"岛田老师。"

岛田竖起两根手指轻轻一挥,做作地向优太打了个招呼。接着,他在优太身边坐下,优雅地跷起了腿。优太忽然想起,班里曾经有人说,岛田老师是个早就落伍了的"自恋狂"。

"我们学校有许多需要团队合作的实践课。其实,当组长对你的未来是有好处的。"

突如其来的这番话让优太有些愣住了。岛田盯着优太,眼神中似乎透着一股"不要小看老师"的意味。

"其实我一直很关注你,优太。我也是从这所学校毕业的,你要是有什么烦恼,可以找我聊。"

优太本想问岛田为什么直呼自己的名字,却并没有开口。

优太身边有各式各样的学生,无论是才华横溢、品位独特的,穿着时髦张扬的,还是充满自我表现欲、追求认同的,甚至是让人头疼麻烦多多的学生,他们都让人难以忽视。优太没想到,自己这样一个普通得不能再普通的学生,竟然也能引起岛田的注意。

自从入学以来,优太一直以为岛田只是个举止浮夸又轻佻的"自恋狂",此刻却深感自己的想法太片面了。

◆祖父江谅

"非常抱歉!"

谅猛地低下了头。上司则无奈地用手按住了脑门。

办公室里静悄悄的,只有敲击键盘的声音,远处同事接电话和接待客人的声音隐隐传来。

谅只能看着自己的鞋尖,一遍又一遍地重复着"非常抱歉"。

"你啊,怎么连个最基本的贴单都搞不定啊?居然还被警察盘问了！"

张贴传单俗称"贴单"，是每一个刚踏入房地产行业的新人都要上的"必修课"。主要内容就是负责往电线杆上贴宣传牌或传单。这些宣传牌和传单都以华丽的广告词标注着房源信息，而新人的任务就是听从前辈的命令，跑遍大街小巷，把这些传单贴上。

然而，这些传单通常是质量低劣的、一次性的，它们被随意贴在别人的家门口，经过风吹日晒后变得破烂不堪，自然就遭到了周围居民的反感。

"真是的……你怎么总是这么不靠谱啊。"

上司越说越火，眼看就要破口大骂，而谅则依旧低着头。就在这时，一个比谅大两岁的前辈悄声走了进来，打破了这僵持不下的局面。

"我和你说，那个人可是个狠角色啊。"

前辈笑嘻嘻地指了指那边专门接待客人的服务台。

"那位客人点名要你接待。"

谅顺着前辈的手指望过去，朝这边挥手的，居然是鸭泽树里。

前几天大家曾约定要一起喝酒，没想到这么快就又见面了。

"什么点名，我们这儿又不是夜总会……"谅顾不上上司的嘀咕，他的目光根本无法从树里那带着得意的笑容上移开。

◆ 小野田秋

秋被一阵陌生的声音吵醒了。

哒哒哒的脚步声来回作响，随之而来的还有说话的声音，那既不是谅也不是优太，而是女人的说话声。

"真的好大啊。"

那清亮的声音分明就来自——鸭泽树里吧?!

"二楼,我们去二楼吧!我一直很想看看呢。"

而这个声音毫无疑问是来自浅川奈南。

轻快的爬楼声由远及近,秋赶忙从床垫上坐了起来。

很快,房门被推开了。

"哇,有阁楼。快上来快上来。"

二楼有两间房,因为优太有许多实习要用到的工具和衣物,所以整间房都让给了优太用。秋和谅则住在带阁楼的那一间。秋睡阁楼,谅睡在阁楼下面。

兴高采烈爬上阁楼梯子的果然是奈南。

"欸?"

一见到秋,奈南就像瞬间石化了一般僵在原地,脸上欢乐的笑容也如退潮似的烟消云散。

奈南深深吸了一口气,秋则在同一时刻张开了嘴。

秋的"哇啊啊啊啊"和奈南的"呀啊啊啊啊"完美地重叠在一起,将这栋房龄成谜的老宅子震得左摇右晃。

"奈南?"一楼传来树里的呼喊。

"所以,是谅说空着的房间可以住的。今天先来看看嘛。"

听着树里理直气壮的解释,秋直接丢出一句"你胡说"。

"你不知道也正常,毕竟是今天才临时决定的。"

"不可能!谅不可能做这种事……"

客厅里,奈南正拿着逗猫棒和碰碰玩耍,秋忍不住摇了摇头。谅没有和秋或优太商量,直接打算让别人住进这个家。为什么,谅为什么偏偏做了这样的决定呢?

"什么?你意思是我胡说?"

触碰你
FURERU

树里冷冷地瞪着秋,秋气得咬紧了牙关。说来奇怪,秋明明比树里高出了一大截,却莫名从树里身上感受到一股压力。

"因为……我们……我们知道彼此在想什么。"

"什么啊?听着好恶心。"

树里抱起双臂使劲搓动,像是在想办法抖掉那种不适感。奈南放下逗猫棒,疑惑地看向她:"树里?"

"连想法都一样的朋友?那多无聊啊。'我们不一样,我们都很棒'不就好了吗(注:日本童谣诗人金子美玲的诗歌《我和小鸟和铃铛》的最后一句)?"

树里目不转睛地看着秋的眼睛,一脸理所当然。为什么她可以直视着别人的眼睛说话呢?为什么她能毫无畏惧地注视他人、与他人交谈呢?

"这句话是相田光男说的吗(注:已故日本著名诗人、书法家)?"

秋苦思冥想了半天,不承想却换来了树里的嗤笑:

"答错了,是金子美玲。"

就在这时,玄关的门被打开了。边说"我回来了"边悠哉游哉走进来的,正是这件事的"始作俑者"——谅。

秋一把抓住正在脱鞋的谅,将他拽出了家门。谅有些困惑,但当他看见玄关上摆着的树里和奈南的鞋子时,一下子就明白了眼前的状况。

"干什么?你不是该出门上班了吗?我也还在上班呢。"

"谁和你说这个了?这么重要的事你怎么能随便决定?"

秋怒不可遏地大叫道,丝毫不顾忌屋里的奈南和树里能听见他们说话。

"因为我觉得这件事很紧急,必须立刻解决!"谅也提高了嗓门,像是在反击秋。

第一章 三人之家

"紧急？"秋吸了一口气。

谅叹了口气，交叉起双臂说道："奈南遇到了一个跟踪狂。"

"什么？"

"跟踪狂。"谅重复道。

"但是，就算是这样……"

"防范措施做得好的房子都租出去了。我们家有男的在，至少会比较安全！"

谅挺了挺胸，像是在说自己出了个"好主意"。

"就算是这样……"秋依旧不依不饶。

"反正也只是在找到新家之前暂住一下。树里看起来有些轻浮，没想到是个重情重义的人，这种反差真是绝了。"

"就算是这样……"

"一直说这句话你烦不烦啊！这不是没办法的事吗？"

看着谅一副"这事就这么决定了"的样子，秋的心里气得快要爆炸了，他伸手想要抓住谅的衣领，却被谅机灵地躲开了。

"干什么啊你！直接说清楚啊，用嘴巴说！你这抓人的毛病得改改！"

"我从小就这样。"秋在心里默念着。秋凭借身高的优势将谅逼到玄关前的围墙边，一把按住了他。他并不打算真的把谅揍飞，但也不甘心说一句"确实是没办法"，然后接受这件事。

"够了，住手，喂！"

"这种事就应该事先商量……"秋才说了一半，背后玄关的门被推开了。

"那我们接下来是……"

就像几十分钟前的那次"石化"一样，奈南再次愣在原地，脸部发僵。她仔细确认着眼前的状况，最终认定这是一场由两个男人

41

触碰你
FURERU

上演的某种"情感纠纷"。

"我打扰你们了。"

奈南直接关上了门。很快，门里面传来奈南的大叫声——

"树、树里！"

"喂，你误会了！你绝对误会了！"

"听我说……"谅伸手想要解释，秋则在一旁深深地叹了口气。看来，这突如其来的合租生活已经无法避免了。

"你们在做什么？"

身后传来踩踏沙石的声音。秋回头看去，只见背着筒状图纸盒的优太正满脸困惑地看向他们。

几天后，奈南和树里带着行李来到了秋他们的房子。客厅旁边的和室成了两人的房间。

和秋一样在事后才搞清楚状况的优太非常欢迎两个女孩的入住……准确地说是只欢迎了奈南。结果，始终反对大家合租的只有秋一个人。

洗手间里，奈南和树里两人的牙刷盒杯子并排放着，碗、筷子和杯子也变成了五人份。就连曾经只有一根的逗猫棒，也不知不觉中变成了四根。

一起生活的第一天早上就发生了一场"意外事件"——奈南打开洗手间的门，没想到却和只穿了一条内裤在刷牙的优太和谅碰了个正着。奈南本以为树里知道之后会责怪自己，还好树里起床后总是迷迷糊糊的，这才没被察觉。

客厅的餐桌原本可以轻松摆放三人份的餐具，现在却被五份早餐摆放得满满当当。只要稍不留神，胳膊就会碰到坐在旁边的人，餐具之间也因为碰撞而发出清脆的响声——如此种种，已经成为每个早晨的常态。

早上睡醒后的树里总是脾气不佳,但只要喝了秋做的味噌汤之后便会展露笑颜。这之后,秋便下定决心,每天都要尽可能做出更美味的味噌汤。这并不是为了树里,而是为了大家都能够安安稳稳地吃上一顿早饭。

转眼之间,三人之家已经悄然变为五人之家。

虽然奈南和树里只是在找到新家之前暂住在这里,但秋隐隐觉得,这样的变化仿佛早已注定,一切都将难以回到过去。

第二章　五人之家

◆小野田秋

"哇,真的假的啊?"秋打开冰箱,扫了一眼之后忍不住嘀咕道。

这台原本就不大的廉价冰箱已经被这个家的住户们塞满了甜点和饮料。秋又查看了冷冻室,也是同样的情况。

冰激凌、甜点、饮料、酸奶等各种食物上都贴着名字。奈南的食物上贴着"奈",树里的食物上则是"树"。一盒冰激凌上写着"大家一起吃吧",旁边还画了一个碰碰,从笔迹来看应该是奈南买的。

秋低头看了看手中的环保袋,正发愁要如何将这些食材放进冰箱时,谅从门帘的缝隙间探出头来。

"你回来啦。"

谅眉头紧锁,面带愁容,看上去像是遇到了什么麻烦事。

"干什么?"

"哎呀,误会算是解开了……"

"误会?"

"啊,秋你回来了啊。正好。"这时,树里像是要推开正打算继续解释的谅一样,一脸严肃地走进了厨房。

树里不由分说地将秋带去洗手间。老旧的木门上此刻正挂着一个水豚的挂饰。

"门上挂着这个的时候,无论发生任何事,绝对不可以开门。"

树里眼神犀利,砰砰地拍了拍门,那表情像是在说,一旦有人犯规,后果将不堪设想。

"要洗衣服呢?"

"绝对不可以。"

"刷牙的时候……"

"绝对不可以！等会儿我把详细的规则打印出来给你。"

"干什么突然搞这些……"秋呆呆地念叨着。

"啊，那是因为……"谅挠了挠脸颊。

"如果你俩真的没有交往的话，那这些规矩就很有必要了。毕竟我们是男女混住在一起！"树里语气强硬地说道，来回瞪着秋和谅，仿佛随时准备出招给两人一脚。

"秋，其实这个规则和你关系不大，反正你平时的作息也和我们不一样。"

看着在气场上完全被树里碾压的谅，秋战战兢兢地问道："到底是什么误会？"

谅则无力地耷拉下肩膀，小声嘟囔道："别问了……"

秋和谅的所谓"恋情"，根本是个十分荒唐的误会，树里和奈南却一直信以为真。回家后的奈南在听到树里讲清楚真相后，忍不住笑得前仰后合，足足快有十分钟。

走在夜色渐深的街道上，秋凝视着奈南和谅的背影。他们还完全沉浸在那个话题中，丝毫没有要停下的意思。

"去个便利店而已，有必要大家一起去吗？"

秋本是自言自语，没想到优太却回过头来笑着说道：

"挺好的呀，大家凑在一起也挺难得的。"

的确，白天时，谅、优太、树里和奈南都忙于工作或学习，而秋的工作时间则是从傍晚到深夜。像这样能五个人一起出门的情况，过去几乎很少有过，接下来的日子里也不会太多吧。

今天是"永久之椅"的固定休息日，恰巧其他人晚上也都在家。谅说要去便利店买冰激凌，结果不知不觉间就变成大家一起去了。

"还把碰碰也带着……"

秋低头看向树里和谅一人一边提着的篮子。或许是察觉到了秋的目光，蜷缩成一团的碰碰也轻轻转身望向秋。这时，树里也轻轻地扫了一眼秋，说道：

"偶尔也带它出来散散步嘛。"

"可是……"

见秋一副支支吾吾的样子，奈南环视着三个人问道：

"所以，它不能被其他人看到吗？"

"啊，不是……"优太急忙解释。

"那不就行了！难得有机会，大家就一起玩会儿吧。"树里哈哈大笑起来，像是不想让优太再继续说下去。

原本打算去走几步路就能到的便利店，结果大家沿着神田川走到了附近的一个公园。这是一座很大的公园，里面有棒球场、网球场，甚至还有专门的狗跑道。不过，已经过了九点，园内空无一人。

既然来都来了，秋便将碰碰从篮子里放了出来。谅不知从哪里捡来一个飞盘，一边高声喊"碰碰"，一边将飞盘投了出去。

白色的灯光照亮了运动场，碰碰像弹簧一样跳跃着跑，灵活地用嘴巴接住了飞盘。谅、奈南和树里都兴奋地大声呼喊。

"真有你的，碰碰。来，还给我。"

碰碰显然很喜欢这个飞盘，当优太拿回飞盘时，碰碰像是抗议一般，用身体撞向优太的脚。

优太又将飞盘扔出，碰碰迅速跟着飞盘冲了出去。接住飞盘的谅猛地将飞盘用力一投，飞盘高速旋转着飞向树里，不料树里动作慢了一拍，没能接住。飞盘擦着树里的肩膀飞过，最终滚到了秋那边。

"真是的，笑得太夸张了。"

被谅的大笑声感染，秋也忍不住"哈哈哈"地笑出了声，结果树里指着秋说道:"你自己不也在狂笑!"

她的耳朵怎么那么灵?秋不禁在心中默念道。

"往我这边扔!"奈南挥动着双手喊道。

秋对着奈南,不紧不慢地将飞盘扔了出去。

然而,飞盘并没有按照秋预期的轨迹飞行,而是大大地偏离了奈南。奈南一只手按住帽子,轻盈地做了个横跳,抓住了飞盘。

优太和谅忍不住拍手称赞"好厉害""接得好",树里则回过头,对着秋讥讽一笑:"控球水平好差。"这显然是在"报复"秋刚刚嘲笑自己没有接住飞盘。

谅、优太、奈南和碰碰都对飞盘游戏入了迷,尽管大家都不是小孩子了,却依然在操场上放声欢笑,拼命奔跑着。

而不怎么会玩的树里和一开始就没什么兴致的秋则坐在一旁的台阶上看着大家。

平时说话前总会先加个"啊"的奈南,这次却大声喊出了"我要上了",然后优雅地迈出一步,将飞盘扔出。

"运动能力真不错啊,我还以为她完全不行呢。"

秋小声嘀咕道。树里站着看大家,瞥了秋一眼。

从树里和奈南的日常表现来看,秋本以为更擅长运动的是树里。没想到,当秋直言不讳地说出来时,树里并没有生气。

"小时候,大家总觉得运动能力是最重要的,不是吗?奈南虽然很出众,总是站在高处,但她为人细心体贴又温柔,一直非常照顾我。"

"你们是一起长大的吗?"

"奈南是个很敏感的人,她很容易受到别人情绪的影响,有时也会想得太多。"树里低头看着默默无言的秋,如释重负地笑着,"说真的,像你们三个男孩性格不同,但能互相理解,其实挺不错的。"

"你说什么？"

"就是你俩的事啦。之前没搞清楚就误会了，抱歉。"

嗯？树里指的是什么？秋歪了歪头，回想起那次树里她们来家里看房子时，秋曾说他们能知道彼此在想什么，结果被树里回了一句"听着好恶心"。

"我们也是从小一起长大的。"

"谅小时候是不是很调皮？"

"不，我才是问题儿童。"

虽然谅也曾是个调皮的孩子，但相比小时候的秋，谅的情况已经好很多了。至少谅不会总是把话憋在心里，也不会在说话之前先动手伤人。

"我父母总是特别忙，脾气也很差，和他们说话就变成了一件苦差事。久而久之，我也懒得开口说话了。"

秋害怕与父母交谈，因为每次开口，得到的都是冷漠与厌烦。在原本就不太融洽的家庭关系中，秋不希望自己成为那个制造裂痕的人。尽管裂痕早已存在。

"结果，越来越多的负面情绪积压在心底，我更不想开口说话了。最后我发现，比起积压，动手打人反而还轻松一些。"

发泄怒气和不满的最轻松的方式，竟然是出手打人。回想起来，曾经的自己实在是太差劲了。

"你以前是个淘气包吗？"

"非常淘气。不过，后来和他们成了朋友，开始互相理解彼此后，我们就……"

不，并不是这样。

"不对，应该说……他们接纳了我。反正，从那时候开始，我心里的负担减轻了不少，虽然现在还是不怎么擅长表达就是了。"

能和他们开心地生活在一起,真的是一件很棒的事——秋刚想把心中的这番话继续说下去,树里却突然开口说:

"嘿,我能说两句吗?"

秋抬起头,只见树里正一脸疑惑地蹲在自己身边。

"秋,你这会儿真的特别能聊。"

特别能聊。

树里的话久久地萦绕在秋的心头,他不禁用手掩住了嘴巴。

此刻,树里笑嘻嘻地看着秋。

"你这个笑是什么意思?"

"我不讨厌话多的人呢。"

到底是什么意思?秋慌忙转过脸去。

为什么自己突然说了这么多话?平时的自己总是不会表达,一声不吭,还因此让周围的人感到更加烦躁。

然而此刻,秋的胸膛与喉间却悄然升腾起一抹暖意,话语也不自觉地从心底溢出。

"谢、谢谢……"

这句感谢的话语与秋那高大的身材显得有些格格不入,话刚说出口,秋就被从操场飞奔而来的优太一声"喂"彻底打断了。

"你们要休息到什么时候啊?"优太朝他们挥手。

谅也大喊道:"是啊,快过来啊!"一边说着,他还一边像大联盟球员一样,用标准的投球姿势扔出了飞盘。

"来啦!"树里站起身,甩动着她那长长的头发跑了起来,很快又停下脚步,回头望向秋说了一句"快走吧"。

树里微微一笑,露出洁白的牙齿。街灯的光辉洒落在她的脸上,让人有些睁不开眼。

树里也和大家一起玩起了飞盘,但显然她是真的不擅长运动——她扔出的飞盘总是飞得远远的，完全偏离了原本的方向。

碰碰和大家追逐嬉闹，这会儿终于玩累了，待在远处静静地注视着大家。秋慢慢站起身，走向两个儿时玩伴，还有两个"从天而降"的室友。

"碰碰！"

谅呼喊着碰碰。碰碰那细密的体毛随风轻轻摇曳，它奋力跳起，飞扑向谅投出的飞盘，扬起一阵尘土。

秋的目光追随着碰碰，忽然间，在操场边缘、一处被围栏隔开的停车场旁的树林里，秋似乎看见了一道人影。

"啊！抱歉！"

飞盘从优太手中滑落，滚到了秋的面前。秋弯腰捡起飞盘，重新抬起头时，刚才的人影已经无影无踪了，只剩下周围一片茂密的树林。

◆井之原优太

优太第一次见到服装设计学校的这栋教学楼时，内心充满了激动。它坐落于大都市的中心，在一条公认为最有时尚气息的街道上。能在这里学习，自己实在是太幸运了。

几个月前，当优太抬头仰望毫不逊色于东京都政府大楼、新宿虫茧大厦、京王广场酒店和东京希尔顿酒店的学校里的这栋教学楼时，眼中一定闪耀着无比明亮的光彩。

而现在，他的眼神早已失去了光彩，变得空洞无神，毫无斗志。曾经在蓝天下闪闪发光的高楼，如今却笼罩着一股沉重的压迫感，仿佛要将优太吞噬。

今天的实习任务一件接一件地浮现在优太的脑海中，优太不由自主地停下了脚步。

反正所有麻烦且辛苦的重复性工作都会全部被推给优太这个组长，小组的其他成员只愿意做有那么一点点辛苦的、有那么一点点引人注目的，却能带来成就感的工作。

不管优太说什么，大家都会笑着用"组长，那就麻烦你啦"这一句话来打发优太。如果优太还想继续反驳，那么人数的优势、震天的说话声以及他们之间那种神奇的默契和欢快的气氛都会彻底压制住优太。

优太站在原地，看着同学们一个个从自己身边走过。

有人兴高采烈，有人目光炯炯，有人一脸困倦，还有人和朋友大笑着聊天——优太却觉得，这里也许再也找不到和自己有着相同心情的人了。

为什么会变成这样呢？优太在心中默默发问，几乎下意识地做出了转身的动作。哎，今天要想推动课题进展大概是没戏了吧。

"嘿！"就在这时，一个略带浮夸且熟悉的声音从前方传来——副班主任岛田正挥着手向优太打招呼。

◆小野田秋

秋一边用锅铲翻动着平底锅里已经出水的蔬菜丁和番茄，一边听锅里传来悦耳的咕嘟咕嘟声。随着水分的不断蒸发，秋手里的动作也变得越来越轻缓。

秋很喜欢在"永久之椅"的备餐台前烹饪。与家里的厨房不同，这里烹饪器具齐全，炉灶和操作台也大得多。每次烹饪时，心情都会变得格外愉快。

正当他准备将火调小时，店门被推开了。

"哇，好香啊。"

进来的是一名穿着高档西装的白发男子和一名穿着精致和服的女子，男子还留着宛如英国绅士一般的胡子。

"真的好香，这里还可以点餐吃饭吗？"男子晃了晃胡须问道。

"什么？"秋低头看了眼平底锅。两人也一起凑近备餐台，注视着锅中的食物。他们的动作神态如此相似，秋不禁觉得他们是一对夫妻。

"不是的，这是我的工作餐。"

"这个就不错。给我来一份。"

"啊，我也要一份！"

两人优雅地在吧台前的椅子上坐下。女子眼含期待地看着秋，像是在说已经等不及了。

这对老夫妻是怎么回事？也太自说自话了吧。还偏偏又是在老板不在的时候。秋忍住没有叹气，默默关掉了炉火。秋觉得，与其婉拒他们，还不如让他们尽快吃完后离开。

秋做的是肉糜咖喱，他没有搭配米饭，而是选择了古斯古斯米。秋觉得，咖喱里放了肉糜和蔬菜丁，和颗粒分明的古斯古斯米非常搭。古斯古斯米的原料是小麦粉，是意大利面的一种，所以搭配咖喱应该不会出错。

秋将放了酸黄瓜和橄榄的古斯古斯米以及肉糜咖喱轻轻放在两人面前。女子尝了一口，立刻"啊"了一声，捂住了嘴巴。

"我喜欢这个味道！既有水果一样的甘甜，又不失香料的辛辣。"

男子也细细品尝着，眯起眼睛，大大地点头。

"古斯古斯米里面的坚果口感很棒，和咖喱的搭配也恰到好处。"

他们微笑着指出了秋最用心的部分——为了打破古斯古斯米口感的单一，秋还特意加入了碎坚果，以此增添一丝独特的风味。

"甜味来自果干么？"

"呃……啊……唔，是店里的一些干货，好多都开封了，我就加了一些……"

"好聪明，灵感达人！"

女子满脸笑容地将勺子送入口中。每每咀嚼时，两人都不禁露出愉悦的表情，嘴里还一直说着"真好吃""好美味"。

秋原本只是想着让他们吃完东西就赶紧离开，却意外得到了他们的赞赏，这也挺不错的。

"……谢谢。"

"被夸得不好意思了，好可爱。"

"好了老婆，别逗人家了。"

"真的很可爱嘛，我都心动了。"

"差不多可以了，老婆。"

两人仿佛一对年轻情侣般互相打趣。秋偷偷用手掩住了嘴巴。

大概，刚刚自己因为受到夸奖而忍不住笑了出来吧。

*

午后，秋刚刚睁开眼睛就听见一楼传来了谅的哼唱声。秋走下楼梯，歌声也逐渐变得清晰起来。看来，谅的心情很不错。

是啊，今天是周三，是日本房地产业界难得的固定休息日，而谅似乎大白天就开始泡澡了。

"这个点泡澡？"

秋一边把衣物丢进洗衣机，一边问道。歌声随即停了下来。

"家里多了两个人，最近都没能好好泡澡了。反正今天休息，当然得泡一下咯。树里和奈南也说今天会晚点回来。"

啪嗒，浴室里传来水波的声音。

"谢谢你的午餐，很美味。"

秋一边往洗衣机里加洗衣粉，一边忍不住笑了出来。被酒吧里的那对老夫妻夸赞之后，秋心情大好，便做了同款古斯古斯米搭配肉糜咖喱作为午餐。

即使秋努力收紧嘴角，脸上还是难掩笑意。

秋合上洗衣机盖，按下开始键。伴着咯噔咯噔的声音，洗衣机开始运转，秋也不自觉地哼起了歌。

秋走出洗衣间，走廊上的碰碰随着秋的歌声摆动着身体，秋的歌声也越发轻快起来。

这时，玄关传来优太的"我回来了"，打断了秋的歌声。

"你回来了……咦？"

"打扰了。"跟在优太身后的是一位陌生的年轻男人。

"这位是……"

"啊，这是我的副班主任岛田老师。"

"没拖鞋了，您就直接进来吧。"优太招呼着岛田。

"了解。"岛田乐呵呵地回道。

岛田看起来不像老师，而是更像一个高年级的学长。另外……他好像有些浮夸。他的每个动作和表情都散发着一股自恋的气息。

秋察觉到碰碰正在快速靠近，赶忙回头小声说："不可以过来。"于是，碰碰乖乖地退回到屋子里去了。

"老师，要喝点什么吗？"

优太打开冰箱，岛田则好奇地打量着客厅。

"啊，不用麻烦了。不过，你们这里是不是还住了女孩子？"

秋拿着平底锅，正打算准备自己的午餐，听见这句话，他手里的动作不自觉地停了下来。

优太愣了一下，惊讶地瞪大了眼睛："什么？"

岛田则笑嘻嘻地看着秋他们，说道："你看，你们这里这么干净。而且，这个香味……"

岛田用鼻子嗅着，谅一边用毛巾擦拭头发，一边从洗衣间里走了出来，像是不想让岛田继续下去。

"是白檀香，我喜欢摆弄香料。请别乱动。"

岛田被这种不同寻常的冷淡态度吓了一跳，赶紧回应道："啊，好的。"

优太慌忙凑近到谅的耳边："说话注意点，他是我老师。"

谅一言不发地抓起优太的手。谅抬起头看秋，眼中闪过一丝不悦，将谅的手甩开。

"岛田老师，去我的房间吧，在二楼。"

优太拿着装了麦茶的水壶和玻璃杯，带着岛田上楼。等到两人的脚步声逐渐远去，谅皱起眉毛。

秋开始点火加热锅子。谅快步走来，一脸不爽，撇着嘴说道："那家伙竟然无视我！"

"什么？"

"我都已经表示不满了，他居然不理我！"

"你说优太？"

"对，就是那家伙。再怎么说也不能不理我吧！不能！"

因为有碰碰的存在，三个人可以比较方便地明白彼此的心意。只要触碰对方，一切想法都可以传递。

所以，无视和忽略对方这种情况真的会出现吗？秋一边加热锅中的食物，一边在心里琢磨。

走廊尽头传来碰碰轻轻的脚步声。在岛田回去之前，必须先找个地方把碰碰藏起来。

秋让谅看着火,自己则戴上厚厚的棒球手套,双手抱着碰碰上了楼。他警惕地避开优太的房间,把碰碰带到了阁楼的睡铺上。

碰碰将圆圆的身体藏进被子里,露出眼睛,静静地看着秋的脸。

"抱歉,你先忍耐一下。"

秋看向一墙之隔的优太房间,隐约听见了那个叫岛田的男人的说话声。

"我感觉……这样很麻烦啊。"

◆井之原优太

岛田一眼就被优太画的设计草图吸引了,他连连称赞道:"真不错啊。"

"有点早期拉夫·西蒙斯(注:比利时服装设计师,以极简主义服装设计风格闻名时尚界)的风格,很对我的口味。"

面对如此直白的夸奖,优太有些不知所措,他用手摸着脑袋,除了嘿嘿傻笑,其他合适的话一句也说不出来。

"还有,优太你缺少的是对艺术养分的汲取。你平时会拍照吗?观察人群、感受大自然的色彩之类的。"

"啊,是的。您看看……"

优打开了桌上的笔记本电脑。记得刚入学时,许多老师都建议学生要多观察周围的世界。

不光是街上行人的穿搭打扮,还有广告、艺术、音乐、美食,甚至是美丽的花朵和石板路上的图案。总之,要尽可能多地观察,把它们拍成照片或是画成速写。

"大部分都是用手机拍的,基本上只要看到感兴趣的东西,我都会拍下来。"

第二章　五人之家

优太轻轻点击鼠标，将最近拍的照片一一给岛田看。

"这些照片是前几天在家附近……"

优太刚要说"散步时拍的"，岛田突然在背后笑了起来。

"这个女孩……"

岛田笑着指着其中一张照片，那上面有奈南的身影。拍那张照片时是白天，家里除秋以外的四个人一起外出购物，照片的远处还有谅和树里。然而照片中最惹眼的毫无疑问是回头看向镜头的奈南。

优太本打算拍下奈南的背影，就在按下快门的一瞬间，奈南回过头来笑着问"啊，你在拍什么"，这才有了这张照片。

"真可爱。"

"欸？"

"是女朋友吗？"岛田露出一副坏笑，用玩味的眼神看向优太。

"不，不是的……应该算是关系有点复杂的熟人吧？"

然而，在记录自己感兴趣和认为美丽的事物的照片中出现了奈南的身影，这意味着——

"啊，对了！这个女生两年前是我们学校的学生，您认识她吗？"

应该算成功打了个马虎眼？岛田依旧满脸笑意，这个笑容充满了画面感，像是在拍着优太的肩膀表示"小孩子，你太嫩了"。

"唔……我们学校学生太多了，我有点记不清……"岛田目不转睛地盯着照片中的奈南，深思片刻后低下了头，"这个女孩，看起来有点不太稳重啊？"

"什么？"

这张照片哪里看得出来不太稳重？优太的视线在照片上游移，岛田则哈哈笑出了声。

"不过那都是两年前的事了吧？那时候我读三年级，见到本人的话说不定能认出来。下次大家一起去喝酒怎么样？"

这恐怕有点不合适吧……虽然年纪差不多，但是老师毕竟是老师。优太一时间也想不出不冒犯岛田的说法，只好模棱两可地回了句"好吧"。

◆祖父江谅

在洗手间的小镜子前，谅和树里正在争先恐后地刷着牙。就在这时，秋拉开了洗手间的门。

"早饭做好了……"

秋的眼中闪过一丝惊讶——洗手间通常是男女分开使用的，而此时树里却若无其事地在漱口，这让秋一时间有些不知所措。

"哦，知道了。"

"总是麻烦你给我们做饭！今天我来负责采购！"

先不说奈南，这段时间，树里即使看见谅在洗手间剃胡子，也能一脸无所谓地走进去了。

"这样啊？谢谢，那我等下把清单发给你。"

谅一边漱口，一边瞟了眼返回厨房的秋。

"真少见啊，那家伙居然愿意让别人买菜。"

"那只是因为你们平时根本不管这些事吧。"

树里检查着自己脸上有没有斑和痘痘，看向镜子里的谅。

"那家伙对食材的要求特别高。"

不光是肉类、蔬菜和鱼，就连调味品也特别讲究。上次秋让谅买蛋黄酱，等谅买了一款最便宜的回来以后，秋皱着眉说"味道太淡了"，谅又咬咬牙买了一个贵的，结果秋却说"贵的不一定就是好的"。

"什么啊，这也行？你们三个人居然能一直玩到现在。"

"嗯，毕竟他那个人……其实优太也是，他们都很独立，不像我……"谅深深地感慨，"我总是抱怨个不停，他们俩呢，就像是无欲无求的仙人。尤其是秋，他过去可是特别好斗的。"

"那可不一定，谁知道他们心里到底在想什么呢？"

没错。一般人确实会这么认为。不过，我们这三个不一样。谅心想。

"就是因为知道这一点，所以才更麻烦。"

谅走出洗手间，留下一脸困惑的树里在原地。

整个走廊里都弥漫着炒菜的香气，这气味……应该来自青椒和午餐肉吧。

◆小野田秋

五木吸溜吸溜地吃着沾满红色肉汁的日本荞麦面，心满意足地点头称赞道："嗯，好吃！"

秋在一旁擦拭着酒杯，心中不禁感到疑惑，为什么从第一次见到五木到现在，他那醒目的胡须从来都没有弄脏过呢？

"担担面的荞麦改良版。嗯，芝麻的香味和日式高汤的搭配恰到好处，坚果的点缀也让口感更加丰富。"

"谢谢夸奖。不过，还是请您尽量在营业时间内光顾……"

自从品尝了古斯古斯米搭配的肉糜咖喱之后，这位名为五木的老人就时不时来到"永久之椅"，让秋做东西给他吃。

而且，他还总喜欢在开店之前来。

"啊，其实今天……"

咯吱一声，店门被推开了。走进来的是老板，见到五木，他沉稳一笑。

"啊。五木先生，让您久等了。"

"没有没有，肚子饿了，所以早早就来了。"

眼前明显是旧识的两个人，秋看着他们小心翼翼地问道："呃……老板，这位客人是……"

"哎呀，你不知道Cinq arbres吗？那是一家曾经拿过米其林星级的店。"

秋还没回过神来，没想到五木向前一探身，开口道：

"其实呢，我今天有话要和你说。"

五木的话让秋一时之间有些迷惑。

秋皱着眉头听了起来。五木说完之后，得意地扬起了嘴角，秋却差点将手中的玻璃杯摔在地上。

"让……让我去吗？"

"没错。我们在静冈新开了一家店，我想请你去我们厨房做事。"

老板调了适合饭后喝的甜酒"生锈钉"，放在了五木的手边。

"静冈……是指静冈县吗？"

面对秋傻乎乎的问题，五木并没有笑，而是端起"生锈钉"点了点头。

"已经给你安排好了宿舍。虽然会比较辛苦，但你可以近距离地看我们主厨工作，能够学到很多东西。你是个很有创意的人，考虑到你未来的发展，我觉得这是个值得尝试的机会。"

秋愣住了，一时间竟无言以对。老板交叉起双臂，赶紧替秋开口回道："那真是很难得的机会啊。"

秋知道，此刻自己的眼神一定在到处乱飘，他希望有人来帮他梳理眼前的一切——一个特别厉害的人看中了自己的能力，还提供了一个难得的机会。自己这样理解对吗？秋迫切需要一个人来帮他确认一下，但并没有人可以帮他。

老板看出了秋的困惑,料想他今天一定是无心工作了,便在十二点之前就让他下班了。

老板轻轻拍了拍秋的肩膀,说道:"刚才的事,你可以慢慢考虑。"

秋走出店门,沿着神田川缓缓行走。今天的水流并不湍急,潺潺的水声在耳边萦绕,像是低声哼唱的旋律。

秋突然想起,为了追赶那个抢走奈南皮包的男人,自己曾在这附近来回奔跑。

尽管此刻并没有奔跑,只是步伐平稳地走着,秋的内心却再次被那天的热血和激动包围。血液从心脏泵出,仿佛要跳跃一般在全身奔腾。

秋再也按捺不住,猛地向前迈出一大步。从这一刻起,秋再也停不下来了,他挥动着双臂,用力蹬地,开始奔跑。

秋超过了一个慢跑的男人,超过了一个慢悠悠骑车的人,三步并作两步冲上了人行天桥。

秋并不知道自己究竟要去哪里,是那股从体内升腾起的兴奋感让秋的身体不由自主地跑了起来。

作为一个并不擅长与客人打交道的人,秋却偏偏一直渴望能在餐饮店工作,因为他觉得烹饪是他为数不多的特长之一。在间振岛时也是如此,唯一能坚持下来的兼职场所就是餐饮店。

因为,谅和优太总会夸赞秋做的饭菜很美味。秋觉得,自己沉默寡言、只会长个子,还是个暴力狂,却可以通过烹饪带给他人满足感,让他人发自内心地微笑、表达赞美。

在自己家,父母一直忙于工作,秋则常常与孤独为伴,但不可思议的是,有一段温暖的记忆总是清晰如初,那就是自己与母亲一起做饭的时光。

那段记忆满载着愉悦，始终如影随形，安静地存放于秋的心底——也许它并不是让秋爱上烹饪的直接原因，却也是一个重要的契机。

夜色中，棒球场的灯光隐约可见，那是不久前大家带着碰碰一起去过的公园。

和那天一样，公园里空无一人。灯光洒在空荡荡的球场上，不知为何散发出一股神圣的气息。秋停下脚步，深吸了一口气。

寒冷的夜晚中夹杂着一丝甘甜，秋觉得，自己的整个肺部都被新鲜的空气填满了。

"好美啊。"

抬头仰望夜空，繁星如洒满天际的宝石一般明亮，美得很不真实。东京不是看不见星星吗？可无论怎么眨眼，夜空始终如此美丽。

手机响了。是谅，还是优太呢？秋从裤子口袋里掏出手机，心中却隐隐有一种预感，想必不是他们。

屏幕上显示的名字是——树里。

现在能去你的店吗？

秋打字的手指微微有些颤抖。

抱歉，我今天提早下班了。店还是开着的。

树里回得很快。

是吗。你在家了？

还在外面。

两人快速地回复消息，但这一条消息发出后，却迟迟没能等到树里的回复。周围树木的沙沙声，远处传来的犬吠声，仿佛都在秋的耳边诉说着寂寞与哀愁。

嘿！

伴随着轻轻的消息通知声，秋仿佛听见了树里的声音。

第二章 五人之家

不觉得今晚的星星很美吗？

秋紧紧握住手机，再一次凝望夜空。刚刚已经见识过它的美丽，此刻它却宛如一幅全新的画，呈现出一种生平未见的惊异之美。

"这也太美了……"

秋的低语，连同世间万物，都仿佛被星辰吞没。

即使碰碰不在身边，也可以实现心心相连吗？

自己该相信这一切吗？

秋回复树里——

嗯，很美。美极了。

秋的回复简单得像孩子的话语。树里回了一个带着得意表情的贴图，上面还写着"没错吧"。

我可能会去静冈。

秋顺势发了出去，发出去之后才意识到自己一直屏住了呼吸。

真好啊，我也想去。

树里显然是会错了意。不是那样的，去静冈并不是为了散心或旅游……秋无奈地耸了耸肩，树里又接着发来一个"我想吃牛肉饼"的贴图。确实，福冈的牛肉饼连锁店十分出名，想到这里，秋忍不住笑了出来。

是老板的熟人，问我愿不愿意去他新开的餐厅工作。

"所以，我打算去工作"——这句话发出去，是否合适呢？这样真的好吗？

又是一声轻响，树里发来一个亮闪闪的"好厉害"的表情包。

你肯定适合这份工作！你做的饭菜一直都特别美味！

秋回忆起第一次五个人一起吃早餐的场景，树里喝了秋做的味噌汤后，大声说着"好美味"。此时此刻，树里的脸庞又再次清晰而鲜明地出现在眼前。

65

树里总是因为早起而心情烦躁，可一口汤下去，她的脸上立即绽放出如同刚洗过的床单般的明媚笑容。

秋用双手的拇指敲打回复。笨拙却充满坚定。

我们要暂时分开一段时间了，如果你愿意的话，要不要和我——

和我？

秋呆呆地看着手机，终于回过神来。他慌忙删掉刚才的文字，重新打起字来——

谢谢。

秋按下发送键，内心却依然无法平静，于是又再次迈步跑了起来。操场上干土的气味迎面而来，那股气味让秋觉得很舒服。

第三章　声

触碰你
FURERU

◆祖父江谅

"这些可以吗？是之前作业剩下的布料。"

"完全没问题。"

奈南和优太开心地把裁剪下来的碎布摊开，谅则在一旁低头看着自己用厚棒球手套捧着的碰碰。

"我说，可以把它放下了吗？这样抱着碰碰还是有一点点痛。"

"啊，抱歉！可以了。"

"是吧？"优太向奈南确认，奈南笑着点点头。谅耸了耸肩，将碰碰轻轻地放了下来。

被卷尺量身的碰碰还不知道发生了什么事，一脸迷茫地环顾着四周。

"碰碰，开心吗？这是你的衣服。"

最先提议做衣服的是奈南。毕竟，碰碰浑身长满了刺，谅、秋和优太从来都没想过要给碰碰穿衣服。

"嘿嘿，碰碰，等着。"

既然奈南说要做，优太自然也兴致勃勃地加入了进来。

"那我们赶紧制版吧。奈南，你来选布料。"

"这个怎么样？图案很可爱，不过拼接面料时要把图案对齐，稍微有些难度……"

优太和奈南兴高采烈地讨论着。谅倚着桌子，用手托起脸，一边看两人的互动，一边拿起葡萄酒倒入杯中，慢慢喝了起来。

温热的酒滑入喉间，谅突然意识到——自己是个彻头彻尾的"电灯泡"。

第三章 声

这是五个人平时聚在一起吃早餐的客厅，是这栋旧房子里的一间毫不起眼的和室。餐桌上放着瓶身已经结露的葡萄酒和碳酸水。

然而，今天的气氛似乎有些不同于往常。

优太和奈南像棉花糖一样甜甜腻腻地忙碌着。谅心想自己如果再这么待下去，那简直是太没眼力见了。

"明天还要早起，我先睡了。"君子有成人之美，谅决定赶紧撤退，不再管他们两人在一楼的客厅里怎么互动，睡觉才是上策。

"好了，碰碰也走吧。"

碰碰的目光从奈南的设计草图上转向谅。谅用眼神告诉碰碰"你也是多余的"，看懂了的碰碰便乖乖地跑到了谅的身后。

"那你们慢慢来。"

谅朝着瞪大了眼睛的优太笑了笑，还调皮地眨了下眼睛。优太似乎完全明白了"慢慢来"的意思，一瞬间红了脸。谅忍不住悄悄地笑了起来。

◆井之原优太

"你的手真巧啊。"

自己的声音清晰地回荡在房间里，剪刀剪裁布料的声音也格外响亮。

"我以前给朋友的猫也做过衣服。"

谅和碰碰刚一离开，房间里顿时安静了下来。虽然一直在和奈南说话，但房间中的静谧却像是某种无声的波动，悄然扩散，将周围的一切都笼罩了进去。

此刻房间中只有优太和奈南两个人。

"你不念书了，真是太可惜了。"

奈南按照图样从裁剪好的布料上拔去针，对着优太态度模糊地笑了笑。那含蓄的笑容犹如松软的舒芙蕾，让人感到安宁和放松。

不，说是"安宁"恐怕不太合适……那只是对自己内心深处的逃避罢了。

"剩下的就全部用缝纫机……"

奈南站起身，正准备去自己的房间拿缝纫机时，突然肩膀一抖，大叫道："好痛！"

没一会儿，奈南的食指上出现了一小块红色的血迹，像是被绷针深深刺了一下。光是看着，优太的指尖也不由得感受到一阵刺痛。

"没事吧？"

"啊，还好。就是有点突然，吓了一跳。好久没弄这些了。"

对于服装专业的学生来说，手指被针刺算是家常便饭，但即便如此，那种痛楚依旧让人无法忽视。指尖分布着丰富的神经，优太要是被刺了，也会疼得叫出声来。

"让我看看。"

不知道家里有没有创可贴？优太一边思索，一边抓起奈南的手。一瞬间，奈南的身体不自觉地变得紧绷起来。优太啊了一声，抬起头，却发现奈南的脸近在咫尺。

奈南定定地注视着优太。

客厅里摆钟的针咔地转了一下，随着那摆动声，优太也不自觉地咽了咽口水。

奈南的目光依旧停留在优太的脸上，而优太的嘴唇却悄然靠近了奈南那淡粉色的唇角，就像磁铁的两极彼此吸引，又像是蜜蜂飘飘然飞向花丛中。

然而——

"啊，不……"

奈南仰起身体，将脸转了过去，优太顿时惊惶失措，赶忙放开了她的手。

"啊……抱、抱歉。"

优太端正地坐好，挺起背脊，又重新调整了一下眼镜的位置。

"我在干什么啊？真抱歉，趁着酒劲就这样，我太差劲了。"

哎，怎么会这样……优太胡乱抓着头发，沮丧地垂下了头。看着自己僵硬的双膝，优太咬牙切齿地吐出一句"真该死"。自己实在太冲动、太得意忘形了，居然做出了这么糟糕的事。

"不是的……"

优太在余光处瞥见了奈南的膝盖和手。她不安地搓揉着被针刺的指尖，将目光投向优太。

"别、别那么不开心嘛。其实……"奈南的声音回荡在客厅中，"优太，其实……我没觉得很反感……"

"真的吗？"

优太猛地抬起头。想到自己的狼狈，优太差点笑出声。

然而，优太的目光却始终无法从奈南身上移开。

"唔……嗯。"

奈南点了点头，目光流转，脸颊也泛起一抹红晕。那是优太喜欢的，犹如松软舒芙蕾一般的笑容，仿佛连空气中都弥漫着砂糖、鸡蛋和香草的甘甜香气。

奈南将手伸向了布料，如果她就这样去二楼拿缝纫机，那所有的一切都将变得混沌不清。作为居住在一起的朋友，明天大家依旧会若无其事地围坐在餐桌边吃饭。

"那……"

优太向前探出身子，凝视着奈南的眼睛。混沌不清？绝不能让这种事发生！

"继续。"

优太坚定地说出了这句话。奈南显得有些犹豫,她垂下眼睛,微微歪了歪头,最终轻声说道:"嗯。"

优太从坐垫上起身,轻柔地吻上了奈南的唇。奈南的嘴唇如羽毛般柔软,而更让优太心跳加速的是从奈南的唇角溢出的温热气息,它停留在优太的下唇上,久久未曾散去。

偏偏在这时,秋推开了玄关的门:"我回来了——"

优太像是被电击一般猛地从奈南身边跳开,在榻榻米上滚了几下之后,后背撞上了玻璃门。他慌忙打开门,对着秋大声喊道:"你回来啦!这、这么早啊!"

秋一手抓着门把手,神色疑惑地看着优太。随之而来的还有下楼的脚步声,谅也从厨房的门帘里探出头来。

"喂,没事吧?刚才听到好大的声音。"

"没事!什么事都没有!是吧?"优太回过头问奈南。

奈南拼命点头:"啊,嗯,可能是喝多了!"

◆小野田秋

秋在二楼阳台上晾衣服,准备出门上班的谅带着一脸不怀好意的诡异笑容走了过来。

谅坏笑着,抓起秋的手说道:"别慌,听我说。"

"接吻?"

秋忍不住脱口而出。谅一脸无奈,竖起食指做了个"嘘"的手势。

"真的接吻了?所以昨天晚上才那么慌张?什么时候开始的?优太终于开窍了啊!你老早就知道了吗?"

秋问了一连串的问题,谅甩开秋的手,大喊道:"冷静!"

第三章 声

"抱、抱歉……"

"这也难怪,换了谁都会觉得震惊吧。虽然我早就知道他喜欢奈南。"

哪怕借助碰碰的力量做到彼此心意相通,这种事也依然会发生吗?秋站在有些刺眼的眼光下,皱起眉头思考了起来。

让人感到意外的事,让人忍不住大喊"居然是这样"的事,大家住在一起却未能察觉的事,这些事居然一直存在于大家的日常生活中。

"其实……"

麻雀在不远处鸣叫。一阵凛冽的风从新宿高楼的方向吹来,将刚晒好的床单吹得鼓了起来。

那风声与秋内心的悸动交织在了一起。

"我也有话想说。"

秋伸出左手,谅有些疑惑,随即握住了秋的手,并说道:"对了,我也有事想说。"

秋感到一阵慌乱,不敢再直视谅,急忙低下了头。

秋看着两人紧握的手,静静地闭上了眼睛。

此刻迷茫和胆怯的心情,谅也能感知到。秋鼓起勇气,深吸了一口气。

优太不是喜欢奈南吗?我想我喜欢树里吧。

秋明言了他的感情,谅的表情却没有任何变化。即便谅也曾在意树里,即便谅也有想要吐露的话语,但此刻谅像是在细细琢磨秋的话一般,连眉头都未曾动一下。谅的眼睛时而看向秋,时而又在和秋紧握的左手上停留。

"我说……"

谅正要继续讲下去,突然大声喊道:"啊!"

触碰你
FURERU

谅左手上的手表显示已经是七点十分了，这是谅平时出门的时间了。

"糟了，都这个点了。抱歉，我得走了！"

谅急匆匆地推开走廊的玻璃门，突然像是想起了什么，回过头来对秋说："对了，我们今天开个派对吧！我会和优太说的。你店里不会弄到太晚吧？"

开派对主要是为了庆祝优太和奈南开始交往的事。

"今天没有预约的客人，应该没问题。"

"那好，时间定下来以后我再通知你。"

"知道了。"秋答道。谅对着秋狡黠一笑，犹如一块石块般迅速"滚"下了楼梯。几秒之后，秋从阳台上看见谅飞快地冲出了玄关。

等到谅的身影消失在了路的尽头，秋用双手捂住了自己的脸。

秋忍不住在心中暗自揣测，如果谅问自己"啊？你也喜欢树里吗"，那该怎么办？秋可不想陷入和谅还有树里的三角关系中。

然而，谅什么也没说，秋也没有听见任何声音。

"刚刚真的好紧张。"

即便拥有碰碰的力量，秋依然会感到紧张，更别说要把内心的想法亲口传达给树里了。自己真的能做到吗？

自己能面对着树里，亲口说出"我喜欢你"吗？

秋的内心充满了胆怯，又隐约有一种预感——树里听后不会一笑置之，而是接纳自己。不，那不是预感，而是一种期待，一种祈盼，一种心愿。

秋这才发现，自己不知不觉中紧紧握住了双手。这种仿佛向天祈祷一般的动作，让秋的心里涌上一股莫名的羞耻感。

一阵轻响传来，秋转头一看，碰碰从玻璃门的门缝中探出了脑袋。它静静地注视着秋，身上的体毛随风轻轻摆动着。

"碰碰，你怎么了？不是刚刚才吃过饭吗？"

秋蹲下身，凝视起碰碰，那双难以解读的眼睛中却清晰地映射出了湛蓝的天空。

"你给了我这种能力，但我却不知道你在想什么……"

你为什么赐予我这种能力？为什么当我在间振岛的石祠里遇见你之后，你就决定一直陪伴在我的身边？

◆浅川奈南

谅大喊着"要迟到了"，急匆匆跑下楼梯。他挤开正在玄关穿鞋的优太，迅速冲出家门去上班。

优太笑着目送谅出门，又向抱着衣服正要去洗手间的奈南挥了挥手。

一开始优太只是在胸前小幅度地挥手，当奈南回过头来，他便像孩子一样开心地大幅摆动起手臂，边说"我走了"边离开了家。

门轻轻关上，家中又恢复了安静，奈南却依然呆愣在原地不动。

"奈南，怎么了？"

树里正在隔壁的和室里忙着化妆，她一只手拿着眉笔，关切地看向奈南。

"啊，嗯……我……"

奈南欲言又止，她垂下肩，长长地叹了口气。

*

"秋的店说是要搞原创的新鸡尾酒试饮会，好期待啊。"

奈南查看着秋发来的消息，抬头望向抓着吊环的树里。在车站碰面后，树里看起来心情就很好，虽然并没有一直笑个不停，但她的眼角却隐约流露出了几分平常没有的喜悦。

"秋真是下足了工夫啊，前几天还在家里练习呢……"

树里终于意识到奈南一直抬头盯着自己，便疑惑地问道：

"怎么了？"

"树里，我觉得……你和秋好像很合得来呢。"

"啊？"树里皱了皱眉，眼神中透露出她似乎正在思考些什么——树里的视线转向了别处，没错，一定是这样。

"啊……可能是因为彼此都没有把对方当成异性吧？"

树里轻轻"哦"了一声，看上去有些尴尬，将身体缓缓靠向奈南。

"你可别乱想啊，秋对我来说就像弟弟一样。再说了，我……"

刚说到一半的树里突然睁大了眼睛，将视线投向车厢内。正值下班高峰，都电荒川线不大的车厢里已经挤满了乘客。

"怎么了？"

树里环视了一圈周围的乘客，摇了摇头，说道："没事，抱歉。外面好像有个奇怪的招牌。"

"什么意思？"

奈南"哈哈哈"地笑了笑，猜想或许树里只是在转移话题。车内的广播响起，即将到达的是距离秋工作的酒吧最近的车站。

下了电车后，两人刻意没再提起有关秋的事，而是聊起厨房里栽种的小松菜和小葱都已经长得很高。奈南和树里刚来时秋种下的豆苗和胡萝卜叶，早就被五个人吃光了。

想到这里，奈南意识到，之前曾经说过只要找到新房子就搬走，而显然自己已经在这里住了太久。

"永久之椅"附近的楼群静谧如常。奈南想起秋曾说今天没有预约的客人，于是轻轻地推开了酒吧的门。

"晚上好……"

奈南的话还没说完，坐在吧台椅子上的谅张开了双臂。

"大惊喜！"

随着这声大喊，奈南不由得停下了脚步，她这才发现，优太正站在谅的旁边，手中还捧着一束花。秋和往常一样站在吧台里，手中却拿着一瓶起泡酒。

"欸？"

不知为何，吧台上放着整整一块大蛋糕，上面堆满了如同花边一般的鲜奶油，像是那种为了庆祝仪式的重要场合而准备的蛋糕。

"这什么啊？什么惊喜？"

见奈南默不作声，树里问道。

"你说呢？那还用问吗？"

谅笑着看向优太。手捧花束的优太带着些许害羞的神情……却依旧毫不掩饰地将目光投向奈南。

"抱歉，是谅那家伙擅自做主……其实我的意思是不需要搞这些的。"

"慢着慢着，我真的看不懂你们在搞什么。"

树里一脸困惑，奈南则目不转睛地盯着那块大蛋糕——

蛋糕上摆着一块巧克力片，上面写着优太和奈南的名字，还有一个粉色的爱心。

蛋糕是谁买来的呢？谅下班后特意去蛋糕店挑的吗？是为了要庆祝才选了这款精致的蛋糕吗？

巧克力片上的名字和爱心又是谁写的呢？

一定是秋吧，这类工作，绝对非秋莫属。

"哎呀，就是……你俩已经是那种关系了嘛……"

谅忍不住开始解释，奈南终于开口了：

"啊？"

奈南没想到自己会这么大声，但此刻已经顾不上那么多了。

"关系？优太，你说了什么？"

"欸？"优太眨了眨眼，屏住了呼吸，手中还紧紧握着那束花。

"啊……抱歉，我……"

"哎呀呀，你们不是都亲过了吗？"

谅没有丝毫顾忌地说了出来，奈南瞬间脸色大变。为什么？奈南不知道该向谁求解，只觉得脸变得越来越烫。

这样一来，树里瞬间明白了所有的一切。

◆小野田秋

"喂，你胡说什么啊？你这也太没有分寸了吧？"

见树里突然发怒，谅猛地敲了一下吧台，说道："啊？分寸？亲都亲了，现在来说什么不喜欢，请问她是渣女吗？"

"那可是因为……"

奈南的大叫声又一次在店里响起。秋抱着装了起泡酒的冰桶，来回看着奈南和谅。

"因为优太当时特别认真，如果拒绝了他，他会伤心，那样会很对不起他……"

奈南低下头，像是在说"我别无选择"，秋则默默地将冰桶放在了一旁的桌子上。

看样子，这玩意儿已经用不上了。蛋糕、花，一切的一切也都不再需要了。

"觉得对不起我？"

优太小声说道，手里仍紧紧握着花束。那是他放学后特意去花

第三章 声

店,向店员提了一堆要求之后才选定的花束。

优太曾在花店门口纠结了许久,最终还是鼓起勇气,说着"打扰了",走进了店里。

"够了!又不是小学生了……"

"你这是什么话?"秋终于忍不住打断了为奈南帮腔的树里。

秋不自觉地将手按在额头上,似乎只有这样做才能压制住怒火,否则他觉得自己会发出比奈南还要响亮的怒声。

"你也太容易被别人影响了吧?难怪那些跟踪狂会找上你。"

明明不喜欢对方,却能轻易地接吻,任谁都会误会,任谁都会产生不应有的期待,任谁都会因为期待落空而愤怒。

"喂!你说话注意点!"

树里怒气冲冲地逼近秋,奈南却在这时突然转身。

"奈南,等等!"

奈南一言不发,跑出了店外。

树里追了出去,临走时又回头看了秋他们一眼。

"你们真是太过分了!而且你知道吗,奈南一直喜欢的是你!"

树里瞪着秋,大声喊道。

秋眨了三次眼。是的,树里瞪着的人毫无疑问是自己。

"喂,你是说……树里,回来说清楚!"

谅试图叫住树里,但她已经猛地关上了酒吧的门,扬长而去。

树里的高跟鞋声逐渐远去。花束被优太紧紧攥成一团,发出一记沉闷的声响,回荡在只剩下三个人的酒吧之中。

触碰你 FURERU

*

酒吧打烊时,雨已经悄然落下。那是只属于这个季节的雨,细如愁丝,连绵不绝。

家里静得出奇,就连只放了三双鞋的玄关也让人感到一种莫名的空荡感。

秋打开客厅的灯,坐在了垫子上。树里和奈南住过的和室此刻漆黑一片,没有声息。

沙沙沙,走廊里传来一阵有些干涩的声音,像是在拍打着秋的肩膀。

"碰碰。"秋忍不住向盯着自己的碰碰倾诉,"我到底在得意什么啊?要是没有你,我……肯定还是像小时候那样没用。"

秋总是苦于表达,常常在说话之前出手伤人。不仅如此,他性情冷淡,人际交往能力也很差,无法说出自己的心意,也难以共情他人的想法。

秋沮丧地垂着脑袋,碰碰则蹦蹦跳跳地穿梭在他的周围。它知道自己一旦碰到秋就会给秋带去疼痛,所以总是保持着一定的距离。也许是为此感到失落,碰碰时不时会将脸贴在榻榻米上。

不可思议的是,这样的沉默反而让秋感到舒适,或许是因为不需要说话吧。秋托着腮倚靠在桌子上,同时漫不经心地看着碰碰。

一阵困意袭来,秋打了个小盹。醒来后,他和还没入睡的碰碰说了几句话,接着又陷入了昏昏欲睡的状态中。

时间静悄悄地流淌着,直到谅的声音响起。

"碰碰,你在做什么?"

秋抬起头,只见身穿西装、头发齐整的谅正低头看着在秋的周

第三章 声

围蹦蹦跳跳的碰碰。

窗外亮堂堂的，客厅的摆钟指针指着七点正。

"啊？抱歉，早饭……"

"没事，不用了。"

"怎么？"

"优太也已经出门了，今天本来也不适合一起吃早饭。"

"是吗。"秋轻声回应道。虽然对碰碰感到有些抱歉，但今天无论如何也无法像平常一样围坐在一起吃早餐了。

"那我出门了。"

谅比平时更安静和淡然地走出了家门。家中又再次恢复了安静。晨曦从厨房的窗外倾洒进来，压花玻璃闪闪发着光，窗台上种植的小松菜和小葱也在阳光下显得格外鲜绿。

"什么，你不去？"

老板正大口吃着昨天没人动过的蛋糕，听见秋的话，他错愕地瞪大了眼睛，叉子上的蛋糕也啪嗒一声掉了下来。

"为什么？这种机会可不是人人都会遇到的……这不是你一直想做的事吗？"

是的，没错，毫无疑问，的确如此。秋紧紧扯着背包的肩带，向老板低下头鞠躬。

"我这种人……真的配不上别人对我的看重。"

"说什么呢……"

"对不起，我还是没办法在一个陌生的地方和陌生人一起工作。"

"可是……"

因为有碰碰的存在，有碰碰的力量，因为有谅和优太在身边，种种奇迹碰撞并交织在一起，才让之前生活中的一切得以顺利进行。

而事实上，自己依旧是小时候那个在间振岛上被视作"毒瘤"的人，至今未有丝毫改变。

"……好吧。"

看着双唇紧闭的秋，老板无力地垂下了肩膀。

"您这里也是，这期排班上完之后，请允许我辞职。"

"什么？"老板叫得更大声了。

"请您同意。"然而，秋还是低下头，再次恳求。

在秋的内心，有一个声音在劝诫着他——自己是不是太自暴自弃了，是不是应该更冷静一些？

与此同时，另一个声音却也在怒斥——你这种一无是处的人还那么不知天高地厚？老板和五木都对你寄予厚望，你却做出令他们失望的决定。

而在发生了这一切之后，如果自己还想继续待在这里工作，那未免也太贪心了，况且自己也根本没办法再去应付接下来的事。

◆浅川奈南

昨夜的雨已经下了一天一夜，丝毫没有要停止的意思。

雨水啪嗒啪嗒地敲打着车站的屋檐，听起来像是在责备自己——想到这里，奈南不禁耸了耸肩。

"先去吃点东西吧。"此时此刻，树里的邀约让奈南感激不已——只要独处，奈南就会不自觉地回想起昨夜的事，而自己一个人无论吃什么都觉得难以下咽。

抱歉！我要晚一点到，你先进去吧。

奈南瞥了一眼树里发来的信息，确认了要见面的咖啡馆的位置，接着撑开了手中的折叠伞。

第三章 声

那家咖啡馆就在车站附近的一条住宅街上,或许是因为天气不好,路上几乎没有行人。

走到小巷尽头,奈南终于看见了那家店,却发现店里并没有亮灯。一瞬间,奈南的心头涌起了一股不好的预感。

"啊……"

果不其然,店门口挂着close的牌子。街灯下,昏暗的店内空无一人。奈南万万没想到,这本该是一家没有休息日的店铺,自己却偏偏不凑巧碰上了关门的日子。

奈南拿出手机,给树里发了条"店没开门"的消息。树里似乎刚下电车,还在赶来的路上,奈南看见信息显示已读,却没有收到回复。她开始搜索别的店,朝着来时的路往回走。

拐过几个弯后,在公园旁的一条小路上,奈南突然感觉到一股让人胆寒的目光。大雨倾泻而下,公园里当然一个人也没有。

没有任何人的身影,只有远处车辆呼啸而过的声音。

就在这时——

"今天一个人吗?"

奈南抬起头,看见街灯下站着一个高大的男子。他没有撑伞,手里拿着手机,死死地盯着奈南。

这个用卫衣帽子遮住眼睛的男人正是岛田公平。奈南记得,那是她在服装设计学校上学第一年时认识的学长,一个虽然有些举止浮夸,但待人和善的学长。

那时,大量的课业和实习让奈南几乎喘不过气,而岛田总会为她指点迷津,两人便就此结识了。

然而——

奈南喉咙一紧,失手将伞掉落在水洼中,溅起啪嗒的水声。奈南紧紧抓住手机,向后退了几步。

触碰你
FURERU

◆祖父江谅

尽管撑着伞,谅穿着西装的肩膀依旧被细雨打湿了。

谅轻叹了一口气,脱下湿漉漉的皮鞋。秋在厨房里做饭,炉子上的锅不停地冒着热气。

"咦,你今天休息?"

"嗯……其实我在考虑,要不要把酒吧的工作给辞了。"

秋的语气中满是迟疑,明明是在说话,听着却像是在叹气。然而,谅并没有感到丝毫震惊,他隐隐觉得,无论接下来再发生任何糟糕的事情,自己都可以平静地接受了。

"这样啊,优太呢?"

"不知道……可能在房间里吧。我回来的时候就没见到他。"

"再这样下去可不行啊。"

这时,碰碰出现在走廊上,它看着谅和秋,神情沮丧地低下了头。

是吧?连碰碰都这么觉得吧——谅这么想着并点了点头,走上楼梯。秋也关掉炉子上的火,默默跟了上来。

谅来到优太的房间前,刻意以一种轻快而随意的感觉敲响了门。

"喂,饭做好了,快出来吃吧。"

没有回应。

"你还要闹多久的情绪啊?这样下去气氛不是很尴尬吗?既然大家生活在一起……"

咯吱一声,门开了。许久未露脸的优太眉头紧蹙,眉间的皱纹深得仿佛能夹住一张纸。

"烦死了,能不能安静点啊?"

门外的谅愣住了,仍旧保持着敲门时的姿势,大喊道:"你这就有点过了吧，有必要这么说话？"

"就算住在一起，也得允许别人有私人空间吧？"

"现在说的是这个问题吗？"

"那是什么问题？"

"行了，别吵了，两个人都消消气。"站在谅身后的秋轻声劝说。

没想到，优太的脸色变得更难看了。他将愤怒的目光从谅身上扫过，毫不留情地投向秋，然后猛地握紧了右拳。

"秋，你可真是高高在上啊。怎么？你在摆胜利者的架子吗？"

秋的"什么啊"和谅的"胜利者"交织在一起，而显然连这种反应也激起了优太的烦躁。

"我早就怀疑了，你这么一个怕热闹的人，居然会同意在自己工作的地方开派对，其实你早就感觉到了吧？"

哎呀，糟了。谅心里一紧，赶紧看向秋，这家伙真的完全搞不清楚状况。

"啊？"

"就是说，你早就知道奈南喜欢你。你会这么做，不就是想看我出丑吗？"

"你在胡说什么啊？"

秋一脸迷惑，谅赶紧喊出优太的名字，心中暗自决定——此时此刻，自己必须挺身而出处理好局面。

没想到——

"还有你，谅！还故意说是什么惊喜，你俩就是联合起来在嘲笑我！"

一小滴唾沫从优太的嘴角飞出，溅在了谅的脸上。

嘲笑？我？我们？我们联合起来嘲笑优太？

"我们到底有没有那么想，你是最清楚的！"

话音刚落，谅抓起优太的手，将他拉出了房间。

怎么样，听见了吗？我们一丁点，一丝一毫都没有这样想过。谅狠狠地盯着优太，却突然萌生了一阵让人不寒而栗的怪异感——

听不见。听不见优太的任何心声。

戴着眼镜的优太也瞪大了眼睛。难道说——优太也听不见我的心声吗？

就在这时，一阵像是火花迸溅的声音响起，噼里啪啦，并且变得越来越响亮。

"碰碰？"

秋回头看去，只见楼梯上的碰碰全身的毛发都竖了起来，这些毛发噼啪作响，越来越尖锐，还在不停地微微抖动，仿佛下一秒就要爆炸一般。

"欸？"优太第一个喊了出来，"这是怎么回事？从来没见过它这样。"优太说着，连连后退。的确，碰碰还是第一次变成这副模样。

"这什么啊？怎么回事？"突然，谅西装口袋里的手机震动了起来，"谁啊，这个时候找人。"

谅不满地咂了咂嘴，一边掏出手机——

电话来自树里。

"喂，怎么了？"

"奈南被跟踪狂袭击了！"树里急切的声音从电话那头传来。

屋外的雨声越来越急促。余光处，碰碰那原本竖起的毛发又重新放松下来，停止了颤动。

天間角川 NOT FOR SALE
SHOSETSU FURERU.
©Mio Nukaga 2024
©2024 FURERU PROJECT
KADOKAWA CORPORATION

第四章　虛假之物

◆井之原优太

　　三人赶到了树里说的高田马场站附近的医院。等候大厅里一片寂静，仿佛连空气都凝固了。
　　"树里！"
　　大厅的一角，树里和两名警察模样的男人坐在长椅上，谅立刻冲了上去。优太四处张望，冰冷而坚硬的地面让他差点摔倒。
　　优太并没有发现奈南的身影。
　　树里见到三人后，向警察打了个招呼，随后站起身，握着手机向三人跑来——
　　"谅！"
　　树里一头扑进谅的怀里。谅没有一丝惊愕，顺势抱住了树里的肩膀。
　　"抱歉，突然给你打电话，我不知道该怎么办了。"
　　"没关系。对了，你说奈南被跟踪狂袭击了？"
　　"嗯，是奈南告诉我的。我也刚到，刚才一直在和警察说明她之前被跟踪的事情……"
　　树里将手机递给谅。
　　看见照片的一刹那，优太不禁倒吸了一口气。
　　"啊？是这家伙？"
　　还没等优太开口，谅就先叫出了声。
　　优太屏住呼吸，一时间说不出话来。
　　"对，这个人就是那个跟踪狂。他是奈南在服装学校时的学长，从那个时候起就一直缠着她了……"

出现在树里手机画面上的,是优太非常熟悉的人。

"岛田老师?"

那应该是一张学生时期的照片,他的头发比现在长,看上去也更浮夸,但毫无疑问的是,这个人就是优太的副班主任岛田公平。

"为什么会这样……"优太小声嘟囔着,这时护士从治疗室里走了出来。见来了这么多人,护士有些惊讶,随后带着优太他们进了治疗室。

奈南穿着病号服,倚坐在治疗室的床上。见到她的背影,优太松了一口气。但很快,优太注意到她的头上包着厚厚的绷带,脸颊和手臂上也贴着纱布,心头不禁一沉。

"抱歉,麻烦你们特意来看我。"

奈南摸着受伤的手臂,眼神游离,又扫视了树里和优太他们。

"别这么说。对了,你没事吧?"

"嗯,一点事也没有。只是被吓到了,摔了一跤,幸好路过的人注意到了我。不过,摔倒时我碰到了头,医生说要做个检查,这才住院的……"

"都怪我。"

优太盯着自己的鞋尖,轻声吐出这句话。

"他知道我们和奈南的关系……"

岛田来家里做客时,优太曾给他看了奈南的照片。不,也许从岛田对优太说出"我想去你家看看"的那一刻起,他就在打探奈南的情况了。在跟踪奈南的过程中,岛田发现了自己班里的学生竟然和她同住在一个屋檐下。

"他利用了我。一切都是我的错。"

优太抓扯着前额的头发,秋和谅见状,忧心忡忡地叫着优太的名字。然而,此刻充斥在优太脑海中的,却只有曾亲切开导自己的岛田的面容。那份看似亲切的态度，原来并不是出于对优太这个不合群的学生的关怀，一切的一切，都是为了满足他的邪欲。

然而，优太却傻乎乎地带岛田回了家，给他看自己的速写，听着他的称赞，居然也感到了一丝高兴。

"都是我的错，所以奈南她才会……"

"优太！"

谅十分用力地抓起优太的胳膊，优太抬头看去，却看见谅眼睛睁得老大，说了句："奇怪？"

"欸……"

优太也察觉到了一丝异样。刚刚——不，不止刚刚，在树里打电话来之前就已经不对劲了——

耳边再也听不见心的声音了。明明和谅彼此触碰着，优太却听不见他心里的声音。

"我说，我们先出去吧。"

眉头紧蹙的树里指了指走廊。三人像是被老师带领的学生一般，齐齐向外面走去。

"在奈南面前不要说那些话。"

树里紧紧关上了治疗室的门，目光严肃地扫视着优太他们。

"她应该不想再回忆起这些了。"

"对不起。"

"不是优太的错，是我的错。我应该早点把这些事情告诉大家的。我本来觉得，这件事挺私密的，奈南也不太想被过多打扰吧，所以才没有告诉你们，事实证明我错了。"

树里移开视线，低下了头。她看起来很沮丧，又像是叹了一口气。

"我打算暂时回家住一段时间。"

"你没事吧？"

谅抢着问道。

"嗯，就是我的东西要先放在你们那里了。"

"没关系……"

远处回荡的雨声不知何时已经悄然消失了。

◆小野田秋

走出医院时，雨已经停了。三人并肩走在湿漉漉的夜路上，谁也没有开口说话，直到快到家时，谅像是突然想起某件事情一样叫住了优太。

"刚才在医院的时候，你为什么对我的心声没反应？"

"啊？是你没听我的心声吧？"

"你说什么啊，我明明在心里说了好多……"

争执愈演愈烈，眼看着就要吵起来的时候，优太猛然意识到了一件事——

"等等。不听对方心声这种事，我们以前根本就做不到吧？碰碰的力量不就是让内心的想法自然而然地传递出来吗？"

"这倒是……"

谅刚说到一半，忽然紧张地盯住家门前的小路，接着将秋和优太猛地推到了路边的围墙后面。

"啊？你干什么？"

优太大声喊道。谅慌忙捂住他的嘴巴，小心翼翼地向玄关看去。

"喂，怎么了……"

这一次换成优太捂住了秋的嘴。

一瞬间，优太的一句"别说话"骤然响起。

听见了。秋确切地听见了优太的心声。

谅说家门口好像有人！

坐着，但是看不清脸。

两人的声音清晰地传入了秋的耳中。

是那个跟踪狂吗？就是优太的老师。

优太和谅似乎也能清楚地听见秋的声音。

那个岛田？

快、快报警！

不用报啦，我们有三个人呢。再说，我们躲在这里也没用啊。

冷、冷静点啊！

"干就完事了！"谅咬着后槽牙说道。秋则深吸了一口气。

话说，我们现在又能听见彼此的心声了吗？

谅和优太瞬间明白过来，睁大眼睛看向秋。就在这时，一个男人从墙后探出头来。

"你们在做什么？"

三人吓得连连往后退，但是当看到男人的脸后，他们立刻停了下来。

眼前这个一脸茫然的男人，正是在间振岛的课外活动俱乐部里一直照顾他们的胁田老师。

"老师？"

三人异口同声地叫道。胁田看着昔日的学生，不由得露出欣慰的笑容。就像当年在岛上时一样，他的脖子上依旧搭着一条毛巾。

"哎呀，没想到居然有一天能和你们一起喝酒啊。"

客厅里，胁田坐在一堆空啤酒罐和烧酒瓶中间哈哈大笑着，看上去心情好极了。

"以前就喝过啊。在岛上的时候不就喝过好多次了吗？"

第四章 虚假之物

秋在厨房用海苔捏着饭团，作为待会儿酒后的食物。听见谅的话，秋频频点头表示同意——秋、谅和优太每个人的二十岁生日，还有成人典礼，他们都曾一起喝过酒。除了这些特殊的日子，大家平时也喝了不少。

"老师，您要在这里待多久啊？"

秋端着饭团走进客厅，同时问道。胁田喝得满脸通红，他盯着天花板思索了一会儿。

"明天是我堂兄弟的……还是从堂兄弟的女儿？或是儿子的婚礼。参加完我就回去了。"

还真是个模糊不清的安排啊。秋偷偷耸了耸肩，将装着饭团的盘子轻轻地放到胁田的面前。

"对了，优太还在洗澡？"

"优太好像累了，估计在房间里吧。"

秋不敢说实话，心中不免觉得有些尴尬，便匆忙移开了视线，谅也满脸无奈地大口吃着饭团。

"是吗。不过我真高兴啊……你们三个人变得这么要好，这可都是碰碰的功劳啊。"

谅差点将口中的饭团喷出来，幸好他及时用双手按住了嘴巴，否则一定会将饭粒喷得到处都是，但不知道是不是被米粒呛住了，谅一直在不停地咳嗽。

"老、老师，您知道碰碰的事情吗……"秋小心翼翼地问道。

胁田咧嘴笑着说："你们不记得了吗？我以前给你们读过的绘本里就有啊。"

什么啊，原来是指岛上的传说啊。一旁的谅虽然还在咳嗽，但看上去明显松了一口气。

"在传说中，岛上有一个神明，或者说是妖怪吧，它能让人和

93

人心心相连。说不定就是它牵起了你们三个人的缘分呢。"

"老师,您知道得真多啊。"

谅终于不再咳嗽了,他忍不住问道。

"嗯,大学写毕业论文的时候专门研究过碰碰的事。"

"据说只要抓到碰碰,就能靠它知道别人心里在想什么?"

"不,稍微有点不同。"

"欸?"秋不禁发出疑问。胁田看了一眼秋和谅,然后平静地讲述了起来。

"那座岛一直都土地贫瘠,唯一的经济支柱就是渔业,但你们也知道,那一带的渔场总是暴风雨不断,所以那时的生活比现在要艰难得多。为了在不大的岛上生存下去,岛上的人们互相争夺、互相欺骗,几乎每个人都认为,如果再这样下去,这座岛就要完了……"

胁田轻叹了一口气。

"就在这时候,碰碰出现了。"

那是秋在小学时曾偷偷闯入的岩滩上的石祠。他的脑海中浮现出很久以前的岛民们在那座石祠里祭拜神灵的画面。碰碰从那座昏暗又狭小的石祠中一跃而出,将那些涉险捕鱼的岛民的心连在一起。

波涛汹涌的海面上,一艘艘船整齐地驶向前方。

"岛上的人们终于凝聚为一个整体了。因为碰碰可以消除彼此心中的敌意和隔阂。"

"敌意和隔阂……"

秋话音未落,谅接着疑惑地问道:"消除?"

"没错。碰碰能将那些有可能引发冲突的话语和想法彻底过滤掉,这样大家就不会有纷争了。不过啊……如果一直这么轻松地相处下去,会有更可怕的事情……"

胁田的声音渐渐变得模糊,最后伴着仿佛融化的冰激凌一般黏糊糊的笑声，整个人瘫倒在榻榻米上。

"老师？"

胁田枕着坐垫，轻轻地打起了呼噜，看起来像是进入了甜美的梦乡。

"你是说，只过滤掉有可能引发冲突的想法？"

秋好不容易把胁田搬进被窝，接着把优太从房间拉到了阳台上。听完胁田的话，优太皱起眉头，疑惑地问道："真有那么好的事吗？"

察觉到动静的碰碰也从床上跳起身，跑到了阳台上。它似乎知道自己正在被谈论，于是静静地注视着秋他们。

"我有点不太明白……"

然而，胁田看起来并不像是在说谎或是夸大其词。

谅倚在阳台栏杆上仰望星空，将视线转向秋和优太，说道：

"就是说，'我讨厌你''去死吧'之类的话会被消除？"

"那，要不要试试？"

优太伸出右手。在碰碰的注视下，三人将手相互交叠在一起。

没有人发出暗示，三人不约而同地陷入沉默，气氛如退潮后一般的海面安静。雨后的风带着一丝湿气，撩动着碰碰的毛发。

"听到了吗？"

谅试探着问道。

"什么也没有。"

一瞬间，优太甩开了秋和谅的手，准确地说，他啪的一声打掉了两人的手。

"现在搞清楚了。我刚才狠狠地骂了你们。"

优太紧紧握着右手，一脸愤愤不平。

"连发泄情绪都不行吗？"

优太背过脸去，不愿再看秋和谅。谅轻轻叹了口气："这下明白了。我以前一直觉得你们真的就是大好人……甚至完美得都有点不真实。别说是缺点，就连一点负面的想法都没有。"

"我也是。"优太无力地点了点头。

"即使我有一些不好的念头，也总能被你们轻松化解。我还一直觉得，你们真的好照顾我，又觉得有点困惑，难道就只有我一个人会有不好的想法吗？"

啊，原来如此，秋恍然大悟——原来并不是只有自己才会如此。并不是只有自己才会陷入自我厌恶，并不是只有自己才会怀揣着无谓的嫉妒、牢骚和火气，也并不是只有自己有着"大善人"一般的朋友。

原来，大家都一样吗？

"不得了，这功能真有意思啊。居然能自动屏蔽恶意的话，太神奇了。"

谅用调侃的语气说着，脸上却没有丝毫的喜悦。

"原来如此，难怪以前不论你们怎么嘲笑我，我都听不见。"

优太的嘴角勾起一抹冷笑，眼中却同样藏着无奈。

"我们哪有嘲笑你？"

"谁知道呢。"

"你还是去治治你那被害妄想症吧。"

优太和谅争论不休，碰碰的毛发随风轻轻摆动，发出干涩的沙沙声。

"这种情感连接只能听到好的，听不到负面的，我才不要。"

优太突然直白地说道，转过了身。本以为优太要回自己的房间，没想到他随便拿起手边的衣服穿了起来。

碰碰悄悄靠近窗户，一脸担心地看着优太的背影。

第四章　虚假之物

"可、可是,是碰碰让我们心意相通,我们才成了亲友,不是吗?"秋仿佛预见到了接下来要发生的事,赶紧大声说道。

"你管这叫亲友?"

优太语气冷淡,像是早就有了答案。他面无表情地收拾好手边的东西,背起了双肩包。

"如果没有碰碰,别说是亲友了,我们连朋友都不一定能做得成吧?"

优太关上了自己房间的灯。碰碰似乎被突如其来的黑暗吓了一跳,它抖动了几下,连连向后退。

"这种友情,根本就是假的。"

优太啪的一声关上窗户,锁上门,走出了房间。秋本想叫住他,却被谅冷冷地制止了:"别管他。"

下楼的脚步声响起,没一会儿,玄关的大门被打开了。

"我也去睡了。"

谅没有再多说,转身回了自己的房间。

阳台上只剩下秋一个人。

"碰碰……"

总是陪伴在秋身旁的碰碰,此刻却消失不见了。

*

秋一言不发,专注于手中的工作。他用刀削去洋葱的根部,细细剁碎大蒜,双手用力搓揉提前放了调料腌制的鸡肉。

一抬头,秋才发现,自己一整晚做的菜早已堆满了厨房的操作台。冰箱里的食材几乎全部被用光了——炸蔬菜、法式炖菜、胡萝卜拌菜、土豆沙拉、煮羊栖菜、土豆炖肉、糖醋肉丸……足够办一场宴会了。

排气扇在经过一夜的高强度运转后也开始咯吱作响。

秋顾不上这些,将已经入味的鸡肉放进平底锅中,又加入大蒜和洋葱,快速翻炒起来。

"哇,一大早就有这么丰盛的食物,要开宴会吗?"

胁田揉着肚子,睡眼惺忪地走进厨房。

"啊,老师,早上好。"

胁田打量着满桌的美食,拿起一个肉丸塞进嘴里,随即笑得像个孩子一样:"好吃!谅和优太呢?"

"他们出门了。"

"是吗,这么早啊,今天不是周日吗……话说回来,你这菜也做得太多了吧。"

胁田喃喃自语,来回看着还在忙碌的秋和操作台。

"他们出去散散心。"

做了这么多菜,能品尝的人也就只有胁田。过去,餐桌边不是坐着三个人就是五个人,今天的客厅却显得格外冷清,就连平时总是围着大家跳来跳去的碰碰也没有出现。

胁田将秋做的每道菜尝了个遍,接着穿好礼服和锃亮的皮鞋,准备去参加亲戚的婚礼。他有些腼腆地对秋说:"替我向优太还有谅打声招呼。"

秋点点头,心中不禁感到一丝酸楚——胁田大老远地来看望曾经的学生,却没能和优太与谅好好说上话,现在就连送别他的也只有自己一个人。如此想来,胁田应该也会难过吧。

如果能三个人一起送别从间振岛远道而来的胁田,齐声道一句"老师,保重",那该有多好。

"不过话说回来,你们真的一点都没变啊。看见你们这样,我既放心，又有点担心。"

"欸？"

胁田感慨地眯起眼睛，随后笑着摆了摆手说："没什么。那我走了。你们要是回了岛上，记得来看我！"

没有过多伤感的道别，胁田潇洒地离开了，一切像是又回到了秋他们还在间振岛上的日子……明天、后天，三个人依旧会过着属于他们的平凡日子。

秋站在空荡荡的玄关，若有所思。他在想，胁田是否察觉了什么，或是有什么话想告诉自己？

一阵沙沙沙的声音传来，秋低头一看，原来是碰碰蹲在脚边。

"碰碰？"

碰碰一脸淡定地抬起头，秋赶紧蹲下身问道：

"你去哪里了？一整晚都没见到你，肚子饿了吧？"

秋没办法抚摸碰碰，只能轻声对碰碰诉说。

"对不起，大家到底为什么会变成这样呢？"

不过——

"不过别担心。等他们回来以后，我们三个人再连接在一起，那样一来……"

一切就会回归到从前的模样。

然而，秋的这份期望很快就被现实打破了——

第三天，优太依然没有回来。

*

秋做的那一大桌子菜，秋和谅吃了两天也没能吃完。每天都重复吃着相同的早餐，但谅并未多说什么。

只有两个人吃饭，就连餐桌也显得大了不少。碰碰低头吃着食盆里的东西，因为优太不在，它看起来闷闷不乐，没有了往日的活力。碰碰一直对"三人共进早餐"这一点有着深深的执念。

"我说，我们要不要去优太的学校看看？"

谅拿着空碗正要站起身，他一脸不耐烦，小声嘀咕道："别管他。"

"可是……"

"每个人都有自己的想法。"

谅没有再多说，穿上外套出门上班了。看着如此冷漠的谅，秋忍不住小声抱怨："什么态度啊。"

秋洗完碗碟，出了家门。他走到高田马场站，乘上电车，再从新宿站步行前往优太的服装设计学校。

秋曾在家中的阳台上无数次眺望过远处的高楼大厦，而此刻穿行其间，秋才后知后觉地想到，原来这就是优太每天上学时的日常风景。

在学校的接待处，秋回忆了半天，终于想起了优太的班级，他谎称是来给优太送东西的。虽然秋的举止看上去多少有些可疑，但好在接待处的工作人员并没有追问。

秋来到优太的实习教室，却并没有看见他的身影。一旁的学生告诉秋，优太那个小组的人可能在中庭。

走进绿草如茵的中庭，秋看见三名学生聚坐在树荫下的长椅上。

"你们和井之原优太在一个小组吗？"秋试探着问道。

其中一个人抬头看着高大的秋，脸上不禁露出疑惑的神色。

"欸？井之原……优太……"

一阵怪异的沉默后，另一名学生笑道："哦，你是说组长啊。"不知为何，秋觉得他的笑容里带着一丝不屑。

"哟，原来他有朋友啊。"

第四章　虚假之物

"你也是从岛上来的？"

"哎呀，小岛好哥们！"

"身上都有一股浓浓的'岛味'。"

三人莫名其妙地笑成一团。

"我们才是最头疼的人呢。"

一个头戴针织帽的男学生单手拿着手机，动作夸张地叹了口气。

"他可是我们课业小组的组长，结果连招呼也不打，连着两天都缺席。"

"欸？"

"对啊，而且最近组长几乎都是在家做自己的事，害得我们的实习课题一点进展也没有。"

"所有事都是我们在帮他扛着，你要是他朋友的话，能不能帮我们提醒他一下？"

他们一会儿说自己组的实习课题进展明显落后于其他小组，但提交作业的期限也延长了，一会儿又说副班主任出了事，老师们为此忙得团团转。他们把秋晾在一边，你一言我一语地议论着。秋犹豫着是否应该发表意见，但最终还是默默地转身离开了。

这些家伙真让人生气。秋一边走，一边握紧了双拳。

优太啊优太，你每天都在和这种人一起实习吗？什么"岛味"啊？也太瞧不起人了吧？

居然如此瞧不起我的朋友。

秋离开了优太的学校，转乘地铁来到了杂司谷。他打算把优太没去学校的事直接告诉谅，再和谅商量一下接下来的事情。秋穿过都电荒川线的铁路道口，朝着谅工作的房地产公司走去。

路上的行人纷纷避开了秋的目光，秋不禁感到疑惑：我现在的

101

触碰你 FURERU

表情有这么可怕吗？

谅的公司很容易就被找到了，离车站不远，门口挂着一块巨大的招牌，下面还停着一辆公司的专用车。车前站着一名西装革履的年轻员工，还有一个上司模样的中年男子。

"我到底还要说多少遍你才能听懂啊？"

上司怒气冲冲地喊道，用力拍打着公司的专用车。随着"砰砰"两声闷响，年轻员工仿佛触电一般连连鞠躬。

"对不起！"

"对我道歉有什么用！客户才是最困扰的！"

"是，对不起。"员工还在不停地低头道歉。

"而且你……"上司还没说够，正打算继续训斥，却突然注意到了一旁的秋。

"请、请问……"

秋正要继续说下去，却发现所有的话语都被无形的屏障挡在了喉间。

"谅……"

眼前这个不断低头道歉的人正是谅。

"啊？你怎么在这里？"谅的眼珠子瞪得老大。

一旁的上司故作夸张地深深叹了口气。

"把朋友叫到工作的地方来？你还当自己是学生呢？"

上司一脸厌烦地瞥了瞥秋。

"那麻烦这位朋友好好说说他，叫他长点心，别那么幼稚了。不要走入社会以后唯一会做的事就是跪地道歉。"

上司冷冷一笑，眼神十分冷酷。谅挠了挠脖子，一边"啊哈哈"地笑着，一边脸上带着一副"没什么大不了"的淡定神情。

秋在优太学校和那群家伙说话时紧握的拳头，此刻缓缓松开。

第四章 虚假之物

松开后，秋又猛地握紧，跨着大步走向谅的上司。

眼看着秋就要揪住上司的衣领，谅一把从背后抱住秋，大喊道："你干什么！"

"谅他……"

秋不顾一切地喊了出来。

"他真的很努力……优、优太也是……"

刚才，秋本想对优太的同学说出这些话——优太是那样地努力。优太是那样善良和温柔。而他们竟敢瞧不起优太，秋简直无法抑制住心中的愤怒。

"你在说什么啊？"

"我……"

没等秋说完，谅的上司赶紧往回退了一步，接着又叹了口气。

"算了。谅，你先把车停回去。时间也差不多了，停完就去吃饭吧。"

上司冷冷地说完，转身进了店里。谅对着上司的背影鞠了一躬："谢谢！"

"真是的，你这动不动就出手打人的毛病怎么就是改不掉。"

谅把车停进了附近的停车场，一边把玩着车钥匙，一边无奈地叹了口气。

"可是……"秋低头看着停车场上的白线，总算挤出了半句话。

"到底在气什么啊？"

那还用问吗？秋缓缓伸出了右手——他并没有自信自己能用口头表达清楚。

"别用这个。"

抱着双臂的谅话音刚落，秋的指尖已经开始不受控地发抖。

"自己说出来。"

"……因为他看不起你。"

"那不是看不起,只是在对我发火罢了。谁让我办错了事,给客人添麻烦了呢。"

"可是,他说得太难听了……"

居然说"唯一会做的事就是跪地道歉",这实在太过分了。

"谅,你也不用一直忍着,可以再找别的工作。"

"别的工作?"

秋明显感觉到谅的话里带着一丝火药味。谅叉着双臂,抬头看向秋。

"我一没经验,二没学历,但公司还是雇了我,下班后还帮我准备资格考试。还有刚才,你突然莫名其妙地跑到我们公司来,领导也没说什么,还特意给了我俩说话的时间。你倒是说说,我再去哪里找这么好的工作?"

"而且……"谅不再看秋,紧咬着牙,继续说道,"我爸受伤后就把船卖了,以后也打不了鱼了。我还得寄钱回家,我的处境和你们根本不一样。"

秋知道这一切,知道谅的父亲曾是渔夫,但不得已卖掉了心爱的船。秋也知道,谅小时候的梦想就是继承父亲的事业。

明明知道这一切,明明之前有在依靠碰碰的力量互通心意,自己为什么还是没能理解谅的苦衷呢?

"对不起。"

秋这么一道歉,谅反倒变得有些不太自在。他深吸一口气,像是在压抑内心的焦虑。

"所以,你到底为什么来找我?"谅歪着头问道。

"我去了优太的学校,但是他没去学校。"

第四章 虚假之物

"我不是都叫你别管他了吗?他又不是小孩子。那我回去了。"说完,谅转身朝来时的路走去,走了几步又像是突然想起了什么,回头说道:"对了,今天树里会过来拿东西。"

"欸?"

"刚才她联系我了,说是大概傍晚会过来。"

谅像是说完了所有要说的话,头也不回地向公司走去。刚来东京时置办的那套崭新的西装,如今也有些穿旧了,它紧贴着谅的后背,仿佛与他一同承担着生活的重担。

*

虽然早已习惯白天一个人待在家里,此刻的静谧却意外地刺痛了秋的耳膜。他躺在二楼阁楼的床上,愣愣地看着手机。

秋的目光停留在和树里的聊天记录上。

最后一条消息是在"惊喜派对"的那个晚上收到的。对于秋的道歉,树里回了一条"我现在真的冷静不下来"。而就在不久之前,树里还说很期待即将举行的鸡尾酒试饮会。

楼下传来了开门声,秋猛地抬起头。

秋轻声走下楼梯,看见树里正在玄关脱鞋。"哟!"树里朝着秋摆了摆手,面庞上却带着几分尴尬与无措。

树里径直走进客厅旁的和室,开始收拾自己的东西,秋泡了一壶热茶。树里背对着秋,平静地将衣物一件件放进行李箱中。

啊,终于要结束了。曾经属于五个人的喧嚣生活终于要在今天画上句号。秋的心中不禁涌起了一股深深的感慨。

"奈南怎么样了?"

"做完检查了,快出院了。我来拿一些换洗的衣服给她送去。"

"是吗,太好了。"秋将壶里的茶倒入杯中,对着树里问道,"喝茶吗?"

"啊……放那儿吧。"

树里的语气,听起来既像是在拒绝秋,又像是在刻意与秋保持距离。

也许是听见了动静,碰碰从走廊一跃而起,探头望向和室。

"好久不见。"树里挥了挥手,碰碰却不知为何迅速逃进了里面的房间。

"哎呀,是不是太久没见,已经不记得我了啊。"树里带着淡淡的苦笑。

"我问你……"秋开口问道,"你为什么联系谅?"

"啊?"

"哦,因为我最近一直都待在家里。"

"酒吧那边呢?哦,对了,你要去别的店了。"

之前,确实聊过这件事。一路并肩走来,大家已经毫无保留地信任了对方。

"我没告诉你吗?我……我把工作辞了……应该说,我放弃了所有的事。"

树里像是洞察了秋的心思,轻轻回了一句"嗯",没有再继续追问。

"抱歉,你之前替我感到开心,我让你失望了。"

树里回过头注视着秋,向他露出一个淡淡的笑容。

"继续前行吧。"

树里轻快地晃了晃肩膀,仿佛要将所有的阴霾都一扫而空。她的笑容就像弹跳着的碳酸气泡一般清爽。

"我记得,你之前说过我还挺能说的,是不是?"

第四章 虚假之物

"嗯？"树里轻轻应了一声，像是在说"有过这件事吗"。秋只是悄然一笑。

或许这才是人生的常态——那些深深烙印在他人心中的话，对于说话的人而言，也许只是随口而出的、无关紧要的话。

然而正因为如此，这些话才会在秋的心里久久地回荡，让他无法忘怀。

"也许因为和我说话的人是你吧，其实我根本做不到和所有人都顺利相处。我总是觉得很压抑，哪怕现在也一样，心里的情绪压得我喘不过气，好像随时都要爆发出来。"

不知何时，秋的手已经紧紧按住了胸口，他的心脏在身体里隐隐作痛，发出哀鸣。

泪水先从左眼流下，接着又不争气地从右眼溢了出来。这究竟是为什么？

"我觉得自己已经被压得透不过气了，各种情绪在身体里打转，却根本找不到出口。"

那失去了方向的情感终于无法抑制地从眼中倾泻而出了吗？又或许，泪水本就是无法言说的情感的出口。

"过去，我可以向谅和优太倾诉我的感受。但现在，这些情绪一直在心里打转，越来越沉重。"

那是一段让人感到惬意的日子。三人分享一切、彼此理解，无论是愤怒、焦虑还是不安，都能得到释放。不需要费力用言语表达，一切都能自然发生，一切是那么地轻松。而现在一切变了，秋发现自己再也无法表达内心的感受，所有的情感都困在心里，无法排解。

树里沉默着站起身，朝着秋走来。她在秋的身边蹲下，像安抚小狗一般轻轻摸了摸秋的头。

"虽然我不太了解发生了什么事，但一切都会好起来的。"

107

触碰你
FURERU

树里还在轻柔地抚摸着秋。秋咬紧嘴唇，喊出了树里的名字。

"树里。"

"嗯。"

"我……"

"嗯。"

"我喜欢你。"

"唔……"等树里反应过来时，她一下子愣住了。她的手依旧搭在秋的头上，那双细长的眼睛却一点一点瞪得越来越大。

"啊？"

就在树里缓缓地开口时，背后的玻璃门被拉开了——

"喂，你怎么在这儿明目张胆地勾搭我女朋友啊？"

谅怒视着秋。落日的余晖照在谅笔挺的西装上，为深蓝色的布料披上了一层冷冽的光辉。

"咦，谅你怎么回来了？不上班吗？"

"正好约了人在附近看房子。"

两人若无其事地说着话，秋忍不住打断了他们："等等，什么你的女朋友……"

"我不是早就说过了吗？"谅毫不客气地走进客厅，脸上写满了不快。

"我怎么不知道？"

"少装傻了，我可是清清楚楚地告诉你了。"

"那为什么我告诉你我喜欢树里的时候，你什么都没说？"

"什么鬼啊？你什么时候说的？我不知道！"

这不可能。因为——。

"上次在阳台的时候。"

秋还记得，在得知优太和奈南接吻了以后，自己曾握住谅的手，告诉他:"我也有话想说。"

"啊?但那个时候……"

谅正要继续说下去,嘴角却突然变得紧绷起来。

"难道是碰碰?"

谅用手拍了拍脑门,浑身无力一般重重地叹了口气。

"当时,我告诉了你关于我对树里的想法。我还以为你是因为太震惊愕住了,所以才什么都没说。"

"不对!当时我把自己的想法……"

没错。那时秋鼓起勇气,向谅伸出了手。秋握住谅的手,告诉他自己喜欢树里。

"我根本没听到你说的话。"

"可是……"

"所以,就是碰碰干的。"

啊,是这样啊。

原来如此。

秋喜欢树里的心意,以及谅说自己在和树里交往的话,都是碰碰消除的。秋和谅都以为自己已经传达给了对方,也都以为对方已经明白了自己的想法。

"为什么啊,这种又不算是什么有敌意的话。"

"但毕竟是喜欢上了同一个女人嘛,难免会引起战争。"

所以,碰碰消除了这些话,让一切变得像没有发生过一样,为的是避免秋和谅争吵,为了能维持表面的和平。

秋看向里间的和室,发现碰碰正看着自己和谅。那双无法看透的眼睛如同一颗玻璃球,静静地凝视着两人。

"这种友情根本就是假的。"优太的话再次回响在秋的耳边,令他难以喘息。

触碰你
FURERU

秋转身冲出了家门。

◆祖父江谅

"你就这样跑了吗？"
秋慌乱地冲出玄关，谅根本来不及阻止。
"那家伙搞什么啊！"
树里顾不上头痛的谅，抱着行李箱从和室里走了出来。
"真的搞不懂你们，我也要走了。"
树里摇摇晃晃地搬着沉重的行李箱，谅伸出手准备帮忙。
"给我吧。"
没想到，树里却果断地拒绝了："不用了。"
"上次酒吧的事我还没原谅你呢。而且，你现在需要好好和他聊一聊，而不是和我吧？那我走了。"树里穿上鞋子，却突然停下了脚步——
碰碰哧溜哧溜地从和室里跑了出来。然而，它并没有靠近树里。短短几天，它就真的已经忘记了树里的模样和声音吗？
"再见啦，碰碰。"
树里挥了挥手，然后拉着行李箱走出了家门。
"碰碰。"
碰碰窝在走廊的昏暗角落里，目光如利箭一般直直射向谅。那眼神既像是愤怒的审视，又像是深切的怜悯。
过去，大家一直相依为伴。谅曾以为这份陪伴今后也会延续下去。谅做梦也不会想到，有一天自己会因为碰碰的存在而感到万分苦涩。
"我还以为，我们之间已经无所不谈，坦诚相对。"

第四章　虚假之物

谅独自一人站在空荡荡的玄关喃喃自语。

或许，我们之间从未有过真正的交流。或许，自己从未真正触及过他们的内心。

想到这儿，谅忍不住在这无人打扰的空间里狠狠地叹了一口气，又咂了咂嘴。接着，他从冰箱里拿出一罐啤酒，一口气喝了下去。

谅听见身后传来了碰碰的脚步声，它一定还在盯着自己吧。

"要吃饭是吧？好好好。"

谅知道碰碰并不只是饿了，却依旧不自觉地说出了这句话。

谅转过身，却发现自己的脸正逐渐被一片阴影笼罩，他本能地屏住了呼吸。

那片阴影伴着奇怪的声音，正慢慢向天花板蔓延，谅对此并不感到陌生——一种熟悉的恐惧感又再次袭来。

◆井之原优太

住了两天之后，优太已经完全习惯了漫咖店里的那股闷臭味。

他蜷缩在狭小的包间里，一边翻毫无兴趣的漫画，一边将手伸向桌子。那杯咖啡拿铁已经不知道放了多久，杯底的沉积物早就变得干干的了。

优太拿出手机查看时间，发现秋发来了好几条信息，优太甚至连信息的内容都没看，又把手机放回了沙发上。

已经逃课两天了，优太想到了实习课题，随即慌忙摇了摇头。

如果继续想下去，优太会不自觉地感到焦虑和恐惧，甚至想厚着脸皮回到学校去。

当优太胡乱地翻开已经不记得读到哪一页的漫画时，一股异样的气息袭来。

就在这间漫咖的狭小包间中……

优太小心翼翼地抬起头,突然发出一声尖叫,他的眼镜也从鼻梁上滑了下来。

◆小野田秋

秋冲出了家门,并不知道要去哪里。

工作也辞了,除了谅和优太之外再没有其他的朋友。在狭小的社交圈中生活了这么多年,秋发现自己竟然无处可去。

"为什么……"

去哪里都无所谓,总之离家越远越好。秋这么想着,徘徊着走进一个公园。他坐在长椅上,双手捂住了脸。

"为什么会变成这样……"

一直以来,自己总是能顺利应对一切。

"都是碰碰的功劳,是因为碰碰在我身边……"

在间振岛的石祠中,秋遇见了碰碰。

那一天,秋推开石祠的石堆,走进了那个昏暗的洞穴。一条线从洞顶垂下,像被某种力量吸引着,秋触碰了它。从此,一切就发生了变化。

"欸?"

秋抬起头,瞪大了眼睛——

自己的手和指尖又延伸出和那时一样的线,无论怎样挥动,都无法将它们甩开。那根线清晰可见,毫无疑问是从自己的指尖延伸出来的。

胁田的话再次在秋的脑海中响起。

"但是啊……如果一直这么轻松地相处下去,会有更可怕的事情吧……"

秋顺着线延伸的方向看去,看到了碰碰。它是什么时候来的?夕阳西下,公园逐渐变得昏暗,而碰碰正在公园的角落里静静地看着秋。

碰碰……秋试图叫出那个名字,却感觉自己似乎忘记了某件重要的事情。

那还是小时候,秋发现了碰碰以后,想给它找吃的,于是去了课外活动俱乐部。接着,秋和谅还有优太吵了起来,不会表达的秋只好又习惯性地动起了手。

然而很快,三个人又和好如初,他们手牵着手,带着碰碰离开了课外活动俱乐部。

那时,让他们停止争吵的是……

"对了,当时……"

让他们停止争吵的,正是碰碰。

碰碰默默无言地停在秋的面前。它的毛发随风摇曳,身体微微颤抖,像是要与这逐渐黯淡的暮色融为一体。

这时,四周突然响起汹涌的海浪拍击岩礁的声音,碰碰的身体也随之迅速变大。它的身上不断冒出一根根针,并且越来越长,仿佛要朝着天空冲刺一般。转眼间,碰碰就变得比秋还要高了——

它低下头,无声地凝视着秋。

第五章 碰碰

触碰你
FURERU

◆ 小野田秋

秋深吸了一口气。一瞬间，秋的脚下传来了水声，他一下子失去平衡，跪倒在地上。黑暗中，那熟悉的白色丝线垂了下来。

一根接一根，数也数不清。

这景象简直就和那时候看到的——

秋惊讶得目瞪口呆。而就在这时，他的耳边又响起了那再也熟悉不过的声音。

秋踢起脚下的水花，一头扎进黑暗之中。

飞溅的水滴打湿了秋的脸颊，这种触感如此熟悉，让秋心头一震——那是儿时，秋为了去间振岛上的那座石祠，奋力穿过湿滑的岩石和潮池时的感觉。

黑暗的尽头，一个朦胧的轮廓若隐若现，并逐渐变得清晰——一座巨大的鸟居显现了出来（**注：鸟居为类似牌坊的日本神社附属建筑，代表神域的入口，用于区分神栖息的神域和人类居住的世俗界**）。

啊，没错。这番景象，秋曾经看过。

"喂，别呼气啊，恶心死了。"

优太的声音传来，带着几分粗鲁与焦躁，完全不像平日里的他。

"啊？让我不呼吸？你离我远一点不就行了？"

"你口气好臭！闭嘴吧！"

"你……"

谅和优太都被鸟居上密布的丝线缠住了手脚，他们在黑暗中拼命挣扎，嘴上却仍然吵个不停。

"谅……优太……"秋的声音回荡开来。

第五章 碰碰

"啊？"两人异口同声，眉头一挑，低头看向秋。

"这是怎么回事……"

秋呆立在原地，谅忍不住怒吼道：

"什么怎么回事？问你自己啊！"

"对啊，一切都是你的错！"

"我的错？"秋愣住了。谅又大喊道："烦死了，你也快去碰那些线！"

秋的左手食指上垂下一根线，他按照谅所说，用右手触碰了一下。瞬间，谅和优太的声音如潮水般涌入了秋的脑海。

都是你害的。

总是自作主张。

我还要上班呢！

就只知道秋！

自私鬼！

你打算怎么补偿我？

这些抱怨的话语在体内反复回响，并逐渐转化为痛楚。

"这是怎么回事？"秋放开了手。

优太冷冷地回道："是碰碰。"

"啊？"

"是碰碰的力量。我们现在听到的话语大概是没经过过滤的那种。"谅盯着束缚住自己的线，脸上写满了焦躁。

"你说过滤，是指把那些有可能引发冲突的话都消除了……"

"我们应该就是一直通过这些线和碰碰连接在一起的。平时，我们互相触碰，再借助碰碰将想法传递给对方。"

谅一脸不快，气哼哼地说道。他的表情中带着一丝厌烦、一丝无奈，又像是已经对一切都失望了。

触碰你
FURERU

优太试图挣脱缠绕在手上的线,他扭动着身体说道:"不过,如果直接触碰这些线,我们就能够不经过碰碰的'过滤',直接听到对方的心声。"

"啊?"秋的声音中带着颤抖,"什么?为什么?这些线到底是什么?"

"优太说了啊,就是碰碰!"谅怒视着呆立在下面的秋,大声吼道。

"这些线是碰碰?"

"你还没想起来吗?"

"想起来……想起什么?"秋一脸困惑。

优太满脸厌烦地深吸了一口气,说道:"这已经是第二次了啊!"

第二次。这个词让秋猛然想起刚刚在公园和碰碰相视而立的那一幕——

碰碰定定地注视着秋,它的毛发竖了起来,不停摆动,身体也越变越大,最终将秋吞噬。

同样的事情也发生在了那一天的间振岛上——就在秋他们互相揪着打的时候,碰碰突然变得巨大,将三人都吞进了身体里。

小时候,秋曾见到过一座鸟居,它被数不清的丝线缠绕着。秋仰望着这座神秘的鸟居,不由得屏住了呼吸。

而此刻,相同的景象又再次出现在二十岁的自己面前。

"可是,为什么现在又……"

"什么为什么?这不就是你搞的吗?像上次那样!"

"这次你想让我们和好吗?那是不可能的!"

秋想大喊出"不是的",却无法发出任何声音。他向后退了一步,脚下的水让他险些失去平衡。

"那时候,我是因为太孤单了,才会……"

秋曾以为，如果能找到传说中的碰碰，一切或许能改变——自己也能结交到朋友；无论父母多么不和，即使母亲离家出走，自己也不会再感到孤单。

因为自己一直不擅长表达，所以……所以我渴望能与别人心灵相通。

"啊？你在说什么？听不见！"谅像以前那样愤怒地喊道。

秋想起了小时候，那时候的谅就是这样皱着眉头，对自己大吼着"你倒是说话啊"。

"可是，不管是现在还是当时，我都没想到会变成这样……"

秋低下头，看见指尖伸出的丝线正在眼前舞动。

这些线，是这些线让一切变成了这样。

"我不知道会变成这样啊！这能怪我吗？"

秋抓住丝线，猛地拉扯起来。就是因为它，因为这样一根丝线，自己有了好朋友，享受了一段充满快乐的时光，而现在难道要失去这一切吗？

"不可以！"优太大喊道。

谅也大声叫嚷："快住手！"

秋依旧不顾一切地用力拉扯着丝线——然而，线并没有断裂。

随着一声幽微的响动，丝线开始缓缓伸展。它们从秋的身体里涌出，犹如生灵一般在空中摆动，最终紧紧地缠绕住秋的身躯。

"你在做什么啊？"优太尖叫道。

一根根丝线从水面上浮现，缠绕住秋的四肢。它们像是在审判一个抗拒丝线的人，又像是要抓住他并对他施以惩罚。

"我们也是想把这些线弄掉，才会变成这样的！"谅怒吼道。

然而，一切已经太晚了。秋被丝线牢牢束缚住，只能无力地回应道："现在说这些有什么用，我真的什么也不知道！"

"不知道你个头啊！"

"是啊，想推卸责任吗？"

谅和优太还在嚷嚷着责骂秋——"都是你害的，快点想办法解决""是你搞出来的事，你必须承担责任把我们救出来"。

"我真的受够了！"

秋撕扯着自己的头发，撕心裂肺地大叫道。那声音就像是一头野兽在泥沼中翻滚时发出的咆哮。

"早知道会这样——"

还不如一开始就不要去寻找碰碰。就这么一直孤单下去，任由自己闷闷不乐、难过纠结、不怕被大家厌恶，就这么死守着孤单的生活，岂不是更好？就像是在深海中屏住呼吸，彻底融入孤独的怀抱。或许，这才是最好的选择。

如果是这样，自己又会不会在某一天选择不再忍耐，鼓起勇气主动迈出那一步？即使没有碰碰，是否也能凭借自己的力量去触碰他人的心灵？

不，那绝无可能。

正当秋咬紧牙关的一瞬间，他发现自己已经浸没在水中。那如同蓄水池一般的水面像是突然有了生命，一边晃动，一边缓缓上升，将鸟居、谅和优太一并吞没。无数丝线漂浮在水中，它们闪着白光，逐渐松解，最终放开了两人。

秋用双手奋力地划水，慢慢向上浮游。他抓住正慌乱挣扎的优太的衣领，将他从丝线中救出。这时，谅指了指上方——

一道光芒出现在头顶。水面上反射的光点犹如大粒的珍珠一般，随着水波轻轻荡漾。

秋定了定神，毫不迟疑地朝着那束光游去。

第五章 碰碰

秋从水里探出头，深吸了一口气。他环顾四周，看见优太正站在一旁的岩滩上朝着他挥手。

"我在这儿！"

碰碰的丝线从水面上延伸开来。秋本以为他们身处在某个洞窟里，但当他抬头望去时，不禁倒吸了一口凉气——他们的头顶被一层黑色黏稠的物质覆盖着，那东西既不像云，也不像泥。

"真是的，这到底是怎么回事？"

秋爬上岸，看见谅正在拧已经湿透了的袜子。

"这里是哪里？我们还在碰碰的身体里吗？"

"可能吧……"秋刚说了一半，突然注意到脚下的地面变得软绵绵的，完全不像是岩滩。每次踩下去，地面都会凹陷变形，松开脚则又会恢复原状。优太趴在地上，感觉地面在不停起伏，不禁吓得绷紧了身体。

"什么？我们在碰碰的身体里，难不成还是胃里？"

这么一说还真是，这种触感的确很像内脏。谅表情也有些扭曲，像是不太相信自己的预感。

一滴水珠打在了谅手中的袜子上。这滴水珠从天顶……不知这种称呼是否合适，总之是从昏暗的上方落下的。秋凝视一看，发现上面布满了碰碰的线。

嘶的一声，谅的袜子上开了一个小洞——那不是普通的水滴，而是一种黏糊糊的液体，腐蚀了谅的袜子。

"喂，怎么了？"

天顶突然翻动了起来，一滴接一滴的水珠从天而降，并变得越来越大。

"这是什么？"

优太来回张望着，一滴特别大的水珠顺着丝线落在了他的身边。

紧接着，那些黏稠的水珠如雨点一般倾泻而下。

"先、先跑起来吧！"

谅最先跑了起来，尽管他并不知道哪里才是安全的地方。优太也紧随其后，他大口呼吸，不时发出急促的喘息声。

秋回头看去，他们之前待的地方已经被黏稠的液体淹没。虽然不知道碰到这些液体会发生什么，但可以确定的是，谅的袜子被腐蚀了。如此说来，它应该是种十分危险的东西。

想到这里，一股寒意涌上秋的心头，他双脚一滑，狠狠地摔倒在地。谅一把抓起他，怒斥道："别发呆啊！"

"小心点！"优太也大声叫喊着。

"抱……抱歉……"

就在谅拉起秋的一瞬间，谅的皮鞋滑落了下来，并迅速被黏液吞噬。

皮鞋开始慢慢溶解，最终完全消失。

"那我们怎么办？"

看着那只消失不见的皮鞋，优太吓得嘴角都抽搐了起来。谅则低头看向自己光着的那只脚，皱着眉头说道：

"我哪里知道该怎么办……"

一根丝线出现在远处。

在开阔的空间尽头，细线直直地伸向高空，仿佛是某种指引。

"怎么办？"

还没等优太说完，谅猛地冲向丝线。仔细一看，它比普通的丝线要粗，更像是一条由许多根细线交织而成的绳子。

它一边颤动，一边慢慢向上升起。

"快！优太、秋！"

就在黏液咕噜咕噜地逐渐逼近之时，秋和优太也拼尽全力抓住了绳子。三个人大喊着"抓牢，别松手"，一点一点地向上攀爬。

"真的差点就完了。"眼见着下面完全被黏液填满，谅心有余悸，面如土色。

上方一片漆黑，三人无计可施，只能朝着那无尽的黑暗向上爬。

"这不就是《蜘蛛丝》的故事吗（注：《蜘蛛丝》为芥川龙之介创作的短篇小说。主人公犍陀多在地狱看见一根垂下的蜘蛛丝并向上攀爬，不料其他罪人也顺着蜘蛛丝向上爬，犍陀多只想着自己得救，呵斥其他罪人滚下去。最后，蜘蛛丝断裂，犍陀多又一次坠入深渊）……"秋不自觉地小声说道。

优太微微晃了晃肩膀，说道："那现在有三个人抓着它，岂不是马上就要断了？"

"别说这种不吉利的话！"

有些话的确不能乱说。优太这张乌鸦嘴，刚说完就立马应验——绳子的一端突然全部散开了。

散开的丝线一根根断裂，秋惊呼一声，三人齐齐从空中倒栽了下去。

秋连尖叫声都来不及发出，他的耳边传来震耳欲聋的轰鸣声，几乎要将鼓膜刺穿。

秋费力地睁开眼睛，看见一片洁白的云朵从眼前掠过。

头顶是一片澄明的深蓝，眼下则是一片让人迷失的蔚蓝，三人犹如置身于宇宙与天空的交界处。

谅不停地张着嘴巴，向秋伸出手。他咬紧牙关，拼尽全力抓住了秋的左手。

终于抓住了！

没错，听见了。秋听见了谅的心声。

"优太……在那儿！"

谅张开双臂，秋也学着谅的样子做起相同的动作。优太在空中不停旋转，时而发出惊呼，谅一把抓住了他的手。

这、这是怎么回事啊！

优太的心声也清晰地传入耳中。

我们正在向下坠落。

不可思议的是，一想到自己正和谅还有优太连接在一起，秋反而感到了一种平静。听见优太大喊着"这还用你说吗"，秋竟不知不觉地笑了出来。

我说，难道我们脑子里想什么，周围就会变成什么吗？

谅的领带随风飞扬，他仔细地观察着周围的一切。

"比如胃里或者蜘蛛丝？"

"什么情况？那如果我现在把那些云想成棉花糖，它们就会变成棉花糖吗？"优太惊讶不已。

"好主意！"谅转身说道。猝不及防的优太发出一声尖叫，三人一同栽进了身旁的巨大云朵中。

三人的身体在本该是水蒸气的云朵中来回弹跳，一股甜甜的砂糖香气在他们四周缭绕开来。

秋和优太显然愣住了，谅则放声大笑道："太厉害了！"

"要我说，这还不如云呢……"

优太话音刚落，那股甜甜的气味忽然消失不见，三人再度向下坠落。棉花糖又变回了水蒸气，强劲的风压让他们无法张开嘴巴。

一片大海出现在眼前，那颜色与间振岛的海水十分相似。

别想这么真实的东西！

可是！

秋一边俯视熟悉的海面，一边插话道："听我说！如果想什么就会出现什么，那我们不就可以用这种方法回到原来的世界吗？"

优太想了想，随即笑了起来。

对啊！

他一把搂住还在疑惑状态的谅，大叫道。

那就试试呗！

三、二、一！

三人肩并肩靠在一起，闭上了眼睛。

轰鸣声和巨大的风压消失了。当他们睁开眼时，发现自己站在那栋破旧房子的客厅里。

"回来了！"三人仰望着熟悉的电灯，异口同声地喊道。

"你们瞧，不试怎么知道！"

"不知道会发生什么，刚才真的吓死了。"

就在这时，站在谅和优太中间的秋看见了碰碰的喂食碗，它空空如也，静静地摆放在餐桌上。

碰碰并不在，也就是说——

"话说回来，刚才……"

话还没说完，谅便张嘴愣在了原地——眼前那熟悉的客厅正在逐渐扭曲、膨胀。摆钟和玻璃窗开始变形，晒得发黄的榻榻米也变得越来越大。

"怎么回事，又开始变得不对劲了啊？"

"难道我们还在碰碰的身体里？"

谅和优太面面相觑。他们的身后，碰碰的喂食碗也在不断膨胀。

"喂！秋，你是不是又在想什么奇怪的事？"

在碰碰的身体里，一切想法都能变为现实。他们只是创造出了一个看似自家客厅的空间，而非回到了原本的世界。伴随着秋的不安，客厅也开始变得越来越扭曲。

"我、我可没有！谅，是你瞎想了什么吧？"

"啊？你怀疑我？"

"你先怀疑我的！"

"开什么玩笑！"

秋火冒三丈，正想揪住谅时，优太大声喊道："你们都冷静点！"

他举着双手，来回看向秋和谅。

"想象一个能让我们放松下来认真思考的地方！这样一直变来变去，怎么能想到逃出去的办法呢？"

优太晃了晃脑袋，眼神锐利地盯着秋和谅。被优太的气场镇住的谅终于安静下来，结结巴巴说道："哦，哦，好。"

"能放松下来的地方？"

三人不约而同地望向客厅的天花板，闭上了眼睛。

不久之前见到的那片大海的颜色又重新浮现在秋的脑海里，那是与间振岛的海水极为相似的颜色。

耳边传来熟悉的海浪声。

睁开眼的瞬间，秋便知道自己来到了哪里。谅和优太也是如此。

"好久没来了。"优太注视着海浪激起的一团团白色泡沫，微微一笑。

"是啊，这里确实能放松下来。"谅踢了踢脚下的沙子。

"我们三个人总是动不动就来这里呢。"

优太说得没错——三人在这里开玩笑，在这里打架，也在这里和解；谅在这里向喜欢的女孩子表白又被拒绝，他们也总在这里彼此安慰。

"没和你们玩之前，我经常一个人看着你俩。"

在教室里、操场上、课外活动俱乐部的角落里，秋默默看着与他同年的优太和谅。调皮的谅和乖巧的优太简直就是一对性格互补

第五章 碰碰

的绝妙搭档，两人总是开怀大笑，充满欢乐。

好想加入你们。想成为你们当中的一员。

"我好羡慕你们。因为太羡慕了，所以我许下了愿望……最后，我找到了碰碰。"

就在间振岛的石祠里，自己找到了可以轻松实现与他人心意相通、不用受伤就能与他人相处的方法。

"是我耍了手段。

"我应该鼓起勇气说'让我加入你们吧'。因为，在一次次伤害与被伤害的循环里层层孕育起来的，才是真正的友情。

"对不起，我……"

而自己却放弃了这一切，选择了不付出困苦与努力，选择了不让自己受伤，用一种轻松的方式去结交朋友。

"我啊……"

谅叹了口气，目光停留在自己手中的线上。谅看着它在海风中摇曳，脸上露出了宁静的微笑。

"我一直觉得秋你特别酷。你总是独来独往，而且看起来完全无所谓的样子。"

"又很会打架，虽然有点吓人。"

优太也低头看了看自己的线，转而又将视线投向秋，他的眼镜镜片反射出一丝耀眼的阳光。

谅耸了耸肩，笑着说道："不过，我从来没觉得我会打不过你。"

"虽然是碰碰促成了我们的友谊，但就算没有它，我觉得我们早晚也会成为朋友的。如果真要说耍手段，那也得算上我。毕竟，不用整天猜疑真的是一件很轻松的事。"

看着有些沮丧的优太，谅喃喃自语道："耍手段啊……

"确实，你是耍了些手段，但要是仅凭这个，我们能在一起玩

127

这么久吗？"

秋无法回答谅的问题。

不，其实他很想回答，很想大声说出——"不是这样的。"

"你想啊，我们之前也还是会吵架的啊，冲动的时候也会动手。当然了，我们很快就能明白对方的想法，然后就不吵了。"

"是靠了碰碰的'过滤器'呢。"

优太说得完全正确。一切的一切都是碰碰的"过滤器"的功劳。

"不过，不爽的时候是真的不爽。"

"我也是，以前一直觉得你们两个整天就会说漂亮话。"

优太一脸平静，谅和秋都咽下了想说的话。不过很快，谅又扬起嘴角说道："但是，我们还是一直在一起玩。"

优太点了点头，看向秋。

"虽然一开始确实是用了些小手段。"

"之后我们也用了很多次碰碰的力量，但并不仅仅因为它，我们才一直做朋友的。"

"啊，轮到我说了。"秋感受着两人的视线，抿了抿嘴唇。

秋很清楚。其实在小时候，在他找到碰碰的时候，内心就已经有了答案。

"请和我做朋友吧。"

那时候，自己不应该向碰碰伸出双手，而是应该鼓起勇气，不怕受伤，自己亲口说出想说的话——

"请重新成为我的朋友吧。"

秋的声音有些颤抖和嘶哑。谅和优太对视一眼，轻轻耸了耸肩。

"说得这么直白啊……"优太苦笑道。

"有那么一点点沉重。"谅也笑着接过话。

秋张着嘴巴，拼命寻找合适的话语。他翻遍脑海，掏空胸腔，甚至把五脏六腑都搜了个遍。

"不……不答应的话，就揍你们。"

"果然是个危险人物。"

"好可怕！"

谅和优太先是一惊，随即笑了起来。

笑声越来越响，秋像是被人拽着胳膊一般，笑得晃成了人体波浪；谅双手捂着腰，直接开启了"哈哈大笑"模式；优太更是笑倒在地，连眼镜都摘下来，擦起了泪花。

三人指尖的丝线随着笑声轻轻摆动，他们已经很久没有这样齐声大笑过了。

笑声渐渐消散，三人自然而然地面朝大海坐了下来。

谅抓了抓后脑勺，说道："现在可不是笑的时候啊。"

"是啊，如果我们出不去的话，那该怎么办？"

"会有办法的。"

"啊？"谅和优太看着秋，异口同声地说道。

尽管没有任何把握，秋依然再次说道：

"会有办法的。因为，只要我们三个人在一起，就是最强的。"

"什么啊？好假。"

"就是，你现在很不对劲。"

两人哭笑不得。秋将目光落在自己指尖的细线上："也许吧。"

不是不对劲，那种感受更像是长久紧绷的弦终于松了下来。

"因为我早就发现了，就算没有碰碰，我们之间也能正常相处。"

话音刚落，只见一根丝线轻轻地从秋的指尖延伸而出，它逐渐加速，甚至发出了"噗"的声响。

"咦，怎么了？"

优太和谅也是如此，两人的指尖快速释放出丝线，它们随海风

触碰你
FURERU

摇曳,并逐渐变大。

"我说,这到底是怎么回事啊?"

就在谅惊愕地看向秋时,他的身影突然消失了,只留下从指尖不断伸出的丝线,再没有别的痕迹。

秋刚要喊谅的名字,优太也带着未说完的"什么……"消失在眼前。两人的丝线被海风托起,在沙滩上静静舞动。

间振岛的海滩上只剩下秋一个人。

无数根丝线从天而降。不对,那更像是构筑整个世界的丝线正在瓦解和崩塌。

"碰碰?这是怎么回事……"

线依然和秋相连在一起。这意味着,碰碰也和秋彼此相连。

一阵水花声传来。一个线团从海面浮现,它像植物一样向着天空攀升。

秋手中伸出的线与线团的最前端连在了一起。

"……碰碰?"

在那线团最前端的是一双难以解读的眼睛。它像玻璃珠一般闪着光辉,在高空俯瞰着秋。

"等等,你要去哪里?"

秋向前迈出一步,却突然想起自己刚刚对谅和优太说的话。

"碰碰,不是的!我刚才的话不是这个意思,我没有说我不要你了!"

碰碰没有任何反应。它既没有像之前那样颤抖身体,也没有在秋的身边跳来跳去。

这时,碰碰那闪着白光的毛发突然开始微微颤动,接着,数不清的丝线如浪潮般从它的身体里迸发而出,直冲天际。

秋紧紧抓住从自己手中伸出的线,一边呼喊碰碰的名字,一边在心中默默祈祷："拜托了，请不要断掉。"

一阵刺痛传至指尖，秋猛地回过神来。

没有断，那条连接着秋和碰碰的线还没有断。秋轻抚着胸口，很快察觉到了一些不对劲——

丝线正向着天空延伸。

暮色渐沉的天空中游荡着数不清的丝线。不只有秋的，成千上万条丝线覆盖了整个天空。

秋急忙跑出公园，眼前的场景让他惊呆了——不仅仅是空中，就连街道、十字路口，甚至是房屋之间也轻轻飘荡着丝线。

在家门口的小路上，秋看见了谅和优太的身影，他连忙呼喊两人。而就在触碰到两人周围飘浮的丝线时，秋听见了熟悉的心声——

秋，你没事吧？

果然，刚才的那些不是梦。

碰碰不见了。

我回过神来的时候发现玄关的门开着。

现在怎么办？

"我们没有触碰彼此，竟然也能听见彼此的心声吗？"

秋缓缓张开攥紧丝线的手，丝线仿佛在水中浮游一般优雅地舞动着。

"是因为这些线吗？"

秋指着自己伸出的线，谅和优太不禁感到疑惑："线？"

"欸，你们看不见这些线吗？"

秋将自己手上的线递了过去。优太一脸困惑地打量着秋的手，却始终无法触及丝线。秋沉默不语，深吸了一口气。

随风摇荡的丝线触碰了优太的指尖和谅的肩膀。

131

一瞬间，两人的思绪随着丝线传递了过来——

线？

就是说还在碰碰的体内？

在哪里？

我们还在碰碰的身体里吗？

只有秋能看见吗？

什么线啊？

看来，谅和优太看不见这些线。秋将两人身上的线拉开，他思考着要从哪里开始说起，慢慢解释起来。

这时，一旁的街灯亮了。柔和的灯光切进昏暗的小巷中，四周舞动的丝线也泛起银白的光泽。

"也就是说，现在周围飘浮着很多只有秋才能看见的线，只要触碰这些线，就能像碰碰那样和其他人连在一起？"优太问道。

"差不多。"秋皱着眉，点了点头。

"凭什么只有你能看见啊！"谅撇了撇嘴，抱怨道。

"话说，碰碰呢？刚才你说它不见了……"

"对，等我发现的时候，它就已经不在了。"

这时，小巷的尽头突然传来一个男人炸雷般的咆哮，瞬间盖过了谅的声音。

"喂，你想吵架是吧？"

一个看起来学生模样的年轻男子和一个背着外卖箱骑自行车的男子正在激烈地争执着。

"这难道是……"

很快，两人互相推搡了起来。

"你刚才是不是说我臭？"

"我才没说，你耳朵有问题吧！"

第五章 碰碰

"你又说了,这次说我脏死了!"

"说你个头啊,我连嘴巴都没动!"

"我听得一清二楚!"

一根丝线将两人连接在一起。

"怎、怎么办,这也是碰碰搞出来的吗?"

"我怎么知道……"

"但是,你有责任管这件事啊,"

秋瞥了一眼谅和优太,又将目光落回自己手中伸出的丝线。

突然,一股力猛地将丝线拉紧,刚松开一点,没一会儿又开始胡乱地拉扯。

"碰碰……"

这条丝线的另一端连着碰碰。难道此刻它正一边吐线,一边游走于大街小巷中吗?

秋攥紧伸展出丝线的左手,开始狂奔起来。谅在身后呼喊他的名字,优太也气冲冲地嚷道:"行动前先动动嘴会死吗?"

抱怨归抱怨,两人还是紧跟着秋跑了起来。

"你知道要去哪里吧?"追上来的谅问道。

秋紧盯着在夜色中游弋的无数丝线,坚定地点了点头。

"我还能看见……"

只要顺着这根线跑下去,就一定能找到碰碰。

当他们来到人流密集的街道,看见越来越多的人因为无意间触碰到丝线而彼此连接,争吵声此起彼伏。无论性别、年龄、立场如何,那些被压抑的负面情绪,还有隐匿在社交面具下的真心话,都在此刻毫无掩饰地传递开了。

秋在心底期望,至少有一些人可以借此传递爱与喜欢这样积极的情感。

触碰你
FURERU

"我怎么感觉事情越闹越大了啊？"身后传来优太气喘吁吁的声音，"再说了，碰碰为什么要逃走啊？"

"是不是觉得我们抛弃它了？"

"就算如此，也没必要搞出这么大的动静来吧？"

秋一边听谅和优太的对话，一边快步穿过人行道。他擦去额头的汗水，眉头越皱越紧。

"是我们把它从岛上带出来的……"

说到这里，秋的心中不禁泛起一阵苦涩。碰碰是间振岛上的神明，是他们三人擅自将它带离了小岛。那一天，秋他们正在做着搬家的准备，碰碰围在三人身边蹦蹦跳跳，然后"大摇大摆"地钻进了秋的包里。

碰碰其实和秋很像——离开了小岛，一旦落单，便再无归处。

"你是说，这家伙找不到能回去的地方，所以就闹脾气了？"

谅抛出的疑问在秋的脑海中盘旋。果真如此吗？如果真的是这样的话——

"虽然搞不清楚是怎么回事，但我们必须追上去！"

优太说得没错。秋朝着丝线指引的方向，用力蹬地冲了出去。

◆鸭泽树里

树里将换洗的衣服送到医院，奈南头上的绷带和脸上的纱布都已经取下，正无聊地坐在床上看电视。

"外面怎么那么吵啊。"奈南望向窗外。

"是啊，好像有很多警车。"

本以为是车站附近有醉汉在打架，但警笛声却似乎越来越多。

树里隔着窗帘查看外面的动静，奈南突然问道：

"是不是发生事件了？"

"嗯。"树里含糊地应了一声。

"和谅有关？"

"嗯……"

"秋是不是向你表白了？"

树里差点就要脱口而出"是啊，没错没错"，慌忙看向奈南。

"你怎么知道？"

这简直就是不打自招。奈南指着树里的脸坏笑道："树里，你太容易看穿了，你脸上都写着呢。"

"啊，我还以为你要说你也能读心呢。"

"你是指谅说的那个？"

"对。就是那个设定，能知道彼此想法的。"

更让人不寒而栗的是，谅是一本正经地说出这件事的。

"什么秘密都没有了，好可怕。"奈南苦笑着说道。

树里斜倚在病房的墙上看着奈南，继续说道：

"但话说回来，要是真能读懂人心，倒是挺方便的。"

"是啊，确实很方便。"

或许，人与人的交往会变得无比轻松。然而，树里隐隐觉得，这种"轻松"的背后掩藏着的是"懒惰"和"胆怯"。

"正因为彼此不了解，才会去思考，去想象。人与人之间的关系，不就是这样建立起来的吗？"

确实如此。尽管过程中也会遇到麻烦、争执和误解，但依然不能用某种省事的"魔法"来化解这些问题。

"不过，也有些人想得太多，最后变成跟踪狂了。"

"停停停，别说了！"

奈南双手捂住耳朵，软绵绵地趴倒在升降桌上。树里慌忙道歉，奈南慢慢抬起头看她，又说道：

"不过，原来秋喜欢的人是树里啊。"

奈南无奈地笑了笑。树里犹豫了片刻，问道："你喜欢秋哪里？"

"脸。"

这毫不犹豫的回答让树里一时间没有反应过来。

"还有身高！"奈南又继续补充道。

树里终于忍不住笑了出来。没错，奈南一直都是这么直接。

"就是这个味儿。"

那么，他们现在怎么样了？树里在心中告诉自己，等奈南出院后，如果他们三个人一起来道歉，自己就会原谅他们。

奈南也一定抱着同样的想法吧。

◆小野田秋

秋追逐着丝线，不知不觉间来到了一条熟悉的小路。他的心中渐渐有了预感，碰碰应该就在附近。

在曾经和大家一起玩飞盘的公园前，秋停下了脚步。

"喂，秋，到了吗？"

上气不接下气的谅追了上来。过了一会儿，优太也喘着粗气赶到了。

"在碰碰的身体里时，明明能跑得很快的……"

"喂，秋，到了吗？"

"不，你们看这里的灯光。"

公园的棒球场并没有开灯，此刻却异常明亮。

环绕棒球场的四座照明塔上缠绕着碰碰的大量丝线，它们交织汇聚成一架索桥，而在棒球场中央，丝线凝聚成了一个巨大的光茧。

第五章 碰碰

那个光茧闪耀着夺目的白色光芒。

谅和优太甚至连线也看不见，顾不上两人的困惑，秋又再次跑了起来。

"喂！你怎么又擅自行动！"谅怒吼道。

秋回过头看了一眼两人说："我还没有好好向碰碰表明心意，就像之前我们交心时那样。我需要你们的帮忙！"

气喘吁吁的谅和优太相视一笑，随即向秋跑去。

"真是服了你了！"

"下次记得先说话再行动！"

两人一个拍了拍秋的肩膀，一个追赶上秋，齐齐跑上天桥的楼梯。进入公园后，他们碰见了一对正在遛狗的路人。

其中一人停下脚步，说自己有些头晕和头痛，另一个人连忙上前询问"欸，你没事吧"。而那只狗则不停地朝着棒球场的方向狂吠。

秋的心头立刻涌上一股不安的感觉。

"谅，快停下！"秋朝着还在向前的谅大喊。

谅闻声回过头，突然肩膀一僵，他"呃"了一声，发出呻吟，双眸在剧痛中失焦——

无数条丝线扎进了谅的身体之中。

公园的每个角落都布满了丝线。街灯、饮水区、长椅、花坛、步道……丝线正从棒球场的方向不断蔓延、增殖。

看来，一次性接触过量的丝线会对人体造成某些不良反应。先是头晕头痛，接着就会像谅那样因为肢体僵直而痛苦不堪。难怪踏入公园后就再没有见到其他人影。

秋将谅从丝线中解救出来，并决定由唯一能看见丝线的自己为大家领路。秋小心翼翼地躲避着丝线，尽量走丝线少的地方，最大限度地避免触碰到它们。

即便如此，每当不小心触碰到丝线时，指尖仍会感受到一阵刺痛。秋顾不上这些，他握紧丝线，强撑着为谅和优太开辟一条能够安全前行的路。

三人好不容易来到棒球场，管理室的门敞开着。建筑内部几乎没有丝线蔓延，年迈的管理员一脸淡定地问道："你们预约了吗？这里得先预约才能使用。"

听到管理员的话，谅迅速走上前，说道："啊，是这样啊！"

"今天的预约已经满了，你们不能进。"

谅拼命给秋使眼色，像是在问接下来该怎么办。还能怎么办，难道要乖乖地回一句"好的，那我们下次再来"吗？

秋握紧拳头准备硬闯，一旁的谅赶紧抓住他的手，向管理员问道："不好意思，请问这里可以预约吗？"

"可以是可以，但这个点只能在网上预约了。"

"我们是第一次来，能不能和我说说具体的流程？"

谅摆出金牌销售的专用微笑，大大方方地和管理员攀谈起来。

"哦？申请书在里面，我去拿给你们。"管理员边说边走进了管理室。

谅回过头，默默地用下巴示意运动场。

"快走，抓紧机会！"优太推了秋一把。

秋一边观察管理室的动静，一边进入球场。跨越围栏时，秋不小心撞到了额头，发出"咣"的巨响。奇怪的是，秋并没有感到疼痛，也许是身体的本能在告诉他，眼前的挑战远比被撞到头更紧迫。

"碰碰呢？"优太四处张望。

秋指着空旷棒球场的正中央，又缓缓抬起手，指向上空。

"在那里。"

"哪里？天上？"

第五章 碰碰

"悬吊在空中。"

无数条丝线如蚕茧一般交织缠绕,碰碰正一动不动地待在那里。

"欸,那怎么办?"

秋静静地点了点头,手中伸出的丝线也微微晃动了一下。

"不是,你点头是什么意思啊……"

秋握紧拳头,优太大喊出秋的名字。

"优太,你留在这里待命。前面线太多了。"说完,秋朝着空无一人的棒球场飞奔而去。

秋紧盯着碰碰所在的位置,攀上其中一座照明塔。每当抓紧丝线,掌心都传来一阵触电般的痛感。秋将几根丝线拧成一股,发现它们竟然十分坚韧。这意味着,只要忍住疼痛,就能沿着这些丝线到碰碰的身边。

秋不敢低头,一个劲地沿着照明塔的梯子向上攀爬。不要紧。不久之前还在碰碰的身体里体验了一把从高空下坠的感觉,现在的这一点点高度又算得了什么?

秋听见优太在远处叫着自己的名字,他一定在说"你到底在做什么"吧。秋没有理会,依旧专注地向上爬着。

当秋触碰到缠绕在塔上的丝线时,一阵电流般的剧痛从指尖直窜胸口。

就在即将回到现实世界时,在间振岛的海滩上,秋曾触碰了自己与碰碰相连的那根丝线,窥见了属于碰碰的过往——

碰碰只能栖身于人与人之间,它的使命就是让人们心心相连。

当人们不再需要碰碰时,它就会与之告别,接着,会出现下一个需要碰碰力量的人。如此周而往复地为人们带去羁绊的,正是间振岛的神明碰碰。

然而,那些都不重要——

秋终于爬到了照明塔的顶端。粗壮的铁柱上缠绕着大量丝线，全部直直地延伸到飘浮在棒球场中央的碰碰身边。

碰碰还在源源不断地吐出新的丝线。光茧被风吹动，轻轻摇摆了起来，一个小小的东西正无力地垂挂在空中，随风飘荡。

秋立刻意识到那就是碰碰，他跃身而起，跳了出去。耳边传来优太的尖叫声。秋双手紧紧抓住一股线，目光紧盯着棒球场的中央。随着身体和那股线一起猛烈地晃动，一种烧灼般的剧痛传到了秋的掌心及手臂。

除了优太，秋似乎还听见了谅的叫喊声。不知在他们眼中，此刻的自己会是什么模样？是不是像个傻瓜一样悬浮在空中？

光茧中又吐出一股新线，它披着白色的微光，在夜风中轻轻摇曳。秋屏住了呼吸。

秋紧紧抓住那股线，再将从自己手中伸出的线拉近，一圈圈地缠绕在手臂上。

秋做了一根粗糙的绳索，就像在碰碰的世界中，那根曾经帮助三人摆脱黏液的蜘蛛丝一样。

秋双手紧握着绳索，将它穿过通向碰碰的丝线中。丝线相互摩擦，发出吱吱的声响，秋猛地沿着丝线滑了下去。

绳索嘎吱嘎吱地响个不停，虽然秋曾在爬塔之前检查过线的强韧度，但他并不确定这些线能否支撑自己到达碰碰的身边。

秋一边在心中祈祷碰碰能听见自己的呼唤，一边朝无力垂挂在光茧之下的碰碰跳去。

"碰碰！"

秋大叫着跳向光茧。随着一声声丝线断裂的声音，秋不停地呼唤起碰碰的名字。

"碰碰，听我说——我无法理解你心中的想法。"

第五章 碰碰

秋咬着牙，一点点挣扎向前。疼痛什么的早就无所谓了。

"但我会一直想下去的。我不是不需要你的力量了，我希望你能一直陪在我身边！你明白吗？"

就在秋放声大喊时，碰碰的身体从光茧中滑落下来。

一定要赶上啊！拜托了，一定要赶上啊！

"你应该已经听见我的心声了吧？能与你相遇，我真的觉得非常幸福。

"那么你呢？究竟在虚无中等待了多久，等着那个需要你的人？十年？还是一百年？你究竟在那个地方孤独地度过了多少个日夜？

"遇见我之后，你是否也感到了真正的幸福呢？

"从今往后，我想永远和你在一起。所以……"

这时，下面传来了谅的声音。

"没错，碰碰！我也是！"

谅和优太正站在棒球场中央，仰头看着秋和碰碰。

"而且，你还没和我们告别，怎么能走呢！"优太大叫道。

"是啊！"秋也连忙附和。

秋伸出手，虽然触碰不到碰碰，但依然固执地向前探去，不肯收回。秋突然想起了在间振岛上第一次遇见碰碰后，手中抱着的那只塑料桶的触感。那只桶一直微微晃动，抱着它时，能感觉到它比来时重了一些。

"不要离开我……"

就在这时，原本紧绷的丝线突然松动了。随着一阵吱吱的声音，秋的身体被抛向空中。

秋向碰碰伸出手。一身尖毛的碰碰此刻可怜兮兮地缩成了小小一团。

然而，秋的手依旧无法触碰到碰碰。

碰碰那虚弱的眼神紧紧地追随着正在下坠的秋。

那双玻璃珠一般难以解读的眼睛，此刻仿佛涨潮一般充满了泪水，啪嗒啪嗒，滴露成珠。

泪水未被夜风吹散，轻轻地打湿了秋的鼻尖。泪滴溅起，一边闪烁金色的微光，一边散落在深邃的夜色中。

头上的丝线迸发出白光，一闪而碎。它们与碰碰的泪光同色，在空中翩翩起舞并逐渐消散。

秋朝一束洒向自己的光伸出手，紧握的手掌心顿时感受到一丝微弱的温度。秋缓缓向下坠去。

谅和优太是否看见了这束光呢？那些密布在街上的丝线也都化作了光粒吗？

大家都看到了这一幕吗？树里、奈南、老板，还有失踪的岛田，他们也在注视着这一切吗？

秋睁开眼睛，看见夜空中有繁星点点。

不，那不是星星。那闪烁着微光的，是丝线的碎片。

"唔……唔？"

秋感觉到身体下面软绵绵的，而且还带着一丝温热。

秋动了动，随即传来一阵阵呻吟声。

"喂，你既然没事，能不能赶紧起来？"

原来是谅和优太，他们像垫子一样被秋压在了身下。

"啊！抱、抱歉！"

两人按着腿和腰，一边发出痛苦的惨叫，一边挣扎起身。

"唔……谢谢你们。"

秋瘫坐在棒球场上，向谅和优太表达谢意。两人羞涩地相视一笑，优太调整好歪掉的眼镜，笑着说道："没事。"

第五章 碰碰

"然后呢？"谅好奇地问道，"你把想说的都说清楚了吗？"

"啊……嗯，应该说清楚了吧。"

万幸，秋抓住了碰碰。秋将紧握的拳头伸向谅和优太，缓缓地展开了掌心。

"碰碰呢？"

一个恰好占满秋手心的小毛球在一拱一拱地扭动着。

"啊？"

谅和优太齐声叫道。那团毛球转过头来，它有着和碰碰一样的，玻璃珠一般的眼睛。

"等、等一下，怎么回事？"

"那是碰碰？"

两人慢慢爬向秋。他们一边目不转睛地盯着秋掌心里那个随风摆动的毛球，一边惊讶得连连发出惊呼。

远处传来管理员的怒喝声："喂！都说了不准随便进来啊！"他冲进棒球场，仰头望见天空中飞舞着光粒，顿时惊得目瞪口呆。

终章

触碰你
FURERU

◆小野田秋

秋有太多的事情需要——道歉。

他先是去了"永久之椅",向老板鞠躬道歉。道歉的缘由有两条:一是自己拒绝了五木的工作邀请,二是突然辞掉了酒吧的工作。

老板都表示谅解,还笑着说:"五木先生那边,你还没答复他呢。"

老板又接着说道:"你能解释缘由并道歉,我觉得很欣慰,你成熟了。"

不知为何,老板的语气中带着一种感同身受的欣喜,秋一时间有些不好意思,半天都不敢抬头。

至于那场"惊喜派对"和之后引发的混乱,谅也诚心向树里道了歉;而优太则为自己翘课的事向同学们表达了歉意。没想到这次道歉真的起了作用,当秋知道优太已经不知不觉和同学们打成一片时,不禁惊掉了下巴。

个人检讨结束之后,接下来是集体反省时间。

秋邀请奈南和树里去了一家她们一直想去的甜点自助餐厅,三人一起向奈南低头道歉,还请她们把喜欢的蛋糕吃了个遍。

"怎么说?要原谅他们吗?"

树里在一旁坏笑着问道。奈南犹豫了片刻,最后还是大方地原谅了秋他们。

岛田也在那个疯狂的夜晚被抓了。据说,当时他蓬头垢面地游荡在街头,被警察盘问完后直接当场拿下。

一切误会消除,秋他们也决定搬离那栋旧房子。

终章

*

秋将行李全部塞进了大纸箱里，在仔细确认完纸箱上的寄件单后，他背上了登山包。

纸箱上有一团白色的毛球——那是"彻底缩水"后的碰碰，它蹦蹦跶跶地跳跃着，然后稳稳地落在秋的肩上。自从变小之后，这个地方就成了小家伙的专属宝座。

空荡荡的房子变得异常冷清。曾经，这里塞满了三个人的东西，如今，优太和谅都已经搬走，当把自己的一点点东西也搬空后，秋才恍然发现，这栋房子竟是如此宽敞。

和煦的阳光透过玻璃窗洒满整个厨房。无论是曾经种植豆苗和小松菜的窗台，还是秋每天使用的炉灶和水槽，都被擦拭得锃光瓦亮的。

树里和奈南还在时，客厅里总会摆放着五个坐垫。而以往热闹的客厅，如今只剩光影，孤独地流淌在榻榻米的缝隙间。

"咦，已经收拾好了？"

秋抱着纸箱走出玄关，看见谅在家门前的小路上向他挥手。没一会儿，优太也从一旁探出头来说："本来还想着能帮你打包呢。"

"我没什么东西。"

谅和优太已经先搬走，这么一对比，秋才发现自己的行李实在是少得可怜。

"没想到秋是最后一个搬走的。"

"还不是因为你俩新房子找得那么快，又不用急。"

"你以为我这个干房产的是吃素的？"

难怪谅会这么得意——就在秋答应了五木的邀请，决定去静冈的餐厅工作之后，不到一周，谅就为自己和优太找好了新房子。

"毕竟房租也要涨了,时机赶得正好,不是吗?"

优太仰头凝视起这栋已经住惯了的房子。秋和谅也一言不发,默默地看着。

碰碰也和他们一样仰望着眼前的空房子。

"那走吧。"

秋重新背好登山包,谅突然伸出左手,说道:"再来一次吧。快,赶紧把手伸出来。"

秋轻轻一笑,将纸箱放在脚边,伸出了右手。优太也伸出手。本以为谅要和大家把手叠在一起,不承想他却啪的一声重重地拍了两人的掌心。

"好痛!你干什么啊,真是的!"

"这叫给你们力量,懂不懂?"

优太气得抗议道:"那也别下手那么重啊!"谅早已笑得前仰后合。秋盯着泛红的掌心,不禁扑哧笑出声来。

"秋,你笑什么!"

秋反而笑得更大声了。

变小的碰碰已经不再拥有以前的力量。无论三人怎样触碰彼此,都再也听不见任何声音了。

然而,即便如此,他们今后依然——

"我们走吧,碰碰。"

秋抱着纸箱,低头看了眼肩膀上的碰碰。它欢快地蹦跳着,优太朝他摆了摆手说:"再见了,碰碰、秋。"

"再见。"

谅的告别简单而干脆,没有像电影里那样,含着泪去车站送行。仿佛明天大家还会照常碰面,坐在一起吃早餐。

也许，所谓的友情，大概就是如此吧。

"嗯，再见。"

秋与两人告别，独自一人朝车站走去。

离开曾经承载三人欢笑、宛如秘密基地一般的家，秋踏上了独自一人的路途。

然而，那绝不是一条孤单的路。

图书在版编目（CIP）数据

触碰你 / 日本动画电影《触碰你》制作委员会原作；
(日)额贺澪著；藏喜译. -- 南昌：百花洲文艺出版社，
2025.5. -- ISBN 978-7-5500-5615-2
Ⅰ. I313.45
中国国家版本馆CIP数据核字第2025UW3729号

江西省版权局著作权合同登记号：14-2025-0025

原作名：《小説 ふれる。》
著者：額賀澪 原作：映画「ふれる。」
SHOSETSU FURERU.
©Mio Nukaga 2024 ©2024 FURERU PROJECT
First published in Japan in 2024 by KADOKAWA CORPORATION, Tokyo.
Simplified Chinese translation rights arranged with KADOKAWA CORPORATION, Tokyo.
Translation copyright ©2025 by Guangzhou Tianwen Kadokawa Animation & Comics Co., Ltd.

本书为引进版图书，为最大限度保留原作特色，尊重原作者写作习惯，酌情保留了部分外来词汇。特此说明。

触碰你
CHUPENG NI

出 版 者	百花洲文艺出版社
社 址	江西省南昌市红谷滩区世贸路898号博能中心Ⅰ期A座20楼
邮 编	330038
书 名	触碰你
原 作	日本动画电影《触碰你》制作委员会
著 者	[日]额贺澪
译 者	藏喜
出 版 人	陈波
责任编辑	刘豪杰
特约编辑	刘嘉欣
美术编辑	黄悦怡
经 销	全国新华书店
印 刷	深圳市福圣印刷有限公司
开 本	890 mm×1240 mm 1/32
印 张	4.875
字 数	120千字
版 次	2025年5月第1版
印 次	2025年5月第1次印刷
书 号	ISBN 978-7-5500-5615-2
定 价	38.00元

赣版权登字：05-2025-163
版权所有 侵权必究
本书如有印装质量问题，请与广州天闻角川动漫有限公司联系调换。
联系地址：中国广州市黄埔大道中309号 羊城创意产业园 3-07C
电话：（020）38031253 传真：（020）38031252 官方网站：http://www.gztwkadokawa.com/
广州天闻角川动漫有限公司常年法律顾问：北京市盈科（广州）律师事务所